終戦七十年靖國神社遊就館特別企画

英霊に贈る手紙

――今こそ届けたい、家族の想い――

はじめに

靖國神社宮司　徳川康久

『英霊に贈る手紙』の刊行にあたり、ご挨拶申し上げます。

今回のこの企画は、靖國神社遊就館所属の一人の若い神職からの発案でした。本年、平成二十七年は大東亜戦争終戦から七十年の年にあたり、当神社では昨年からご遺族、戦友会、神社本庁、各県の神社庁・護國神社をはじめ、関係する皆様への参拝勧奨を行っているところでした。そうした節目の年への準備を進めている最中で、これはなかなかの着想だと思いましたが、さてどれだけのお手紙が集まるか、という不安がありました。神社の崇敬者名簿に登録されているご遺族へはご案内状を送付し、併せて社報をはじめとする様々な方法で募集を致しましたところ、締切日の八月末には、五百八十四通ものお手紙が届きました。企画倒れにならずに良かったと、胸を撫で下ろしたところでございます。

さて、それからが大変でした。まず、戴いたお手紙は全てご神前にお供えしご奉告申し上げました。その後、五十通を撰び、書籍として刊行しようというのが、今回の企画内容でしたが、あまりの数の多さと、想いのこめられたレベルの高い文章であるが故に、四人の選考委員の先生方には、大変なご苦労をおかけする事となりました。

九月二十一日の選考委員会においては、やっとの思いで予定を十通上回る六十通を選択しました。と言いましても、これは総応募数のたった十・三パーセントにすぎません。書籍の頁数の制限とはいえ、選択数を設けなくてはならなかったことが誠に残念です。

私も選考委員の一人でしたので謹んで拝読させて戴きました。妻として、子として、兄弟姉妹として、孫として、夫々思いのこもったお手紙でした。ご家族が出征し亡くなられた後のご様子や終戦後の厳しい状況において遺族の方々は大変なご苦労をなさり、家を護られてきたことが、ひしひしと伝わりました。涙なくして読めなかったと述べられた選考委員もいらっしゃいました。

皆様より応募戴きましたお手紙のうち、ご承諾を戴いた方につきましては、今年一年間を通して遊就館においてパネルでのご紹介や複写したものをお手に取ってご覧戴けるような展示の準備を進めております。また、今春三月末には応募された方々をお招きし、今一度すべてのお手紙をご神前にお供えして奉告祭を斎行の予定です。

さて実を申しますと、私もこの企画に応募しようかと考えておりました。写真でしか会ったことのない伯父が靖國神社に祀られていますので、毎朝拝礼をして手を合わせるだけではなく、この機会に手紙を書こうと思ったのです。

書く気持ちは充分にあったのですが、元来の筆不精というのでしょうか、気が付いたら締切日を迎えておりました。しかし今では、応募しなくて良かったと思っています。応募者のレベルの高さに及ばないことは明白ですので、恥をかかずにすみました。恥ずかしい内容のものでも書こうものなら、朝のお参りの時に伯父から「バカモノ！」と言われることは確実でした。仮に書いたとしても、困惑されたかもしれません。伯父は遺書も残さなかった人で、死ぬことは考えてもいなかったのではないかと思えるような人です。今になって「甥です」といわれても面食らったのではないかと拝察します。

本書では、僅か六十通のお手紙しかご紹介できませんでしたが、遺された方々が英霊にお伝えしたい心よりの声と共に、戦後ご遺族が乗り越えてこられた、ご辛労の一端を感取して戴ければ幸いに存じます。

末筆ながら、今回の企画にご応募戴きました多くのご遺族をはじめ、選考委員各位、また本書上梓にあたりご協力戴きました関係の皆様に深く感謝を申し上げます。

昭和二十三年　別家徳川慶喜分家に生まれる。
昭和四十六年　フィリップス石油株式会社入社後、化学品部長兼石油ガス部長等を歴任
平成十六年　芝東照宮権禰宜を拝命。
故高松宮宣仁親王妃喜久子殿下葬儀にて司祭副長を務める。
平成二十五年　第十一代靖國神社宮司に就任。
海軍少佐　徳川　凞《ひろむ》（海軍兵学校六十五期　ソロモン群島方面にて戦死）は伯父にあたる。

目次

はじめに　2

源　琙命　8
岩越博次命　21
田中重之命　32
金山正二命　38
大久保忠二命　49
中島正彦命　60
福田則之命　71
藤田　馨命　83

梅木靖之命　11
木村嘉藏命　24
金田　績命　32
松本一義命　41
藤川八重子命　52
原　鶴三命　63
濱村慶造命　74
増田幸作命　86

岡田秀次命　15
中村辰由命　27
金田清人命　32
山部猛雄命　43
安藤仁三郎命　54
佐藤將夫命　65
大屋好生命　77
齋藤　萬命　89

松田貫一郎命　18
久井　進命　30
宮内勝信命　35
小池正男命　46
山田恭司命　57
佃　賢治郎命　68
藤井松吉命　80
荒木茂郎命　92

細川泉次命　94
高橋鹿之助命　97
栁原淳之助命　100
榊原仙太郎命　102
清水三郎命　105
鈴木好夫命　108
中村輝美命　111
澤山義隆命　114
中川豊助命　117
鈴木光信命　120
善家善四郎命　123
野村　傳命　126
大久保忠二命　129
濱村慶造命　131
森井　清命　134
鈴川英夫命　137
鈴川四郎命　137
櫻井好造命　140
大田　實命　143
池田　寛命　146
倉持勘六郎命　149 152
松井　登命　155
田邉忠吉命　158
谷　太市郎命　160
山崎保代命　163
山口　正命　166
稲永一馬命　169
飯島末吉命　171
髙橋貞造命　174
川北偉夫命　177

（御応募順に掲載しております）

選考後記　181

応募者一覧　190

陸軍伍長
源《みなもと》　鋱《すすむ》命

大阪府
昭和二十年三月二十五日
フィリピンにて戦死
三十四歳

「天国のお父さんへ」

二女　西田蘭子

お父さん、私は今年の二月二十四日で七十歳になりました。

昭和十九年、その年の八月に召集されて昭和二十年三月二十五日、フィリピンのレイテ島で三十五歳の若さで戦死したお父さん。

中学生の時、「大阪遺族会」で靖國神社へ参拝したことがあります。広い大きな部屋に入ったら中央に丸い大きな鏡があり、宮司の方が話された時、鏡の中からお父さんが出て来て、私の後に立って背中をさわってくれた様な気持ちになりました。

その時、初めてお父さんに会った気がしたのを今でも忘れられません。

母、姉、兄、私四人家族いつも一緒、いつも家族のみんなに守られて生きてきました。

姉ちゃんはいつも「蘭ちゃんは、お父さん知らんから、かわいそうやなあー」「お父さんは、やさしかったで！」「スキーもジャズも落語も何でも好きで、モダンボーイやったで！」と良く話し

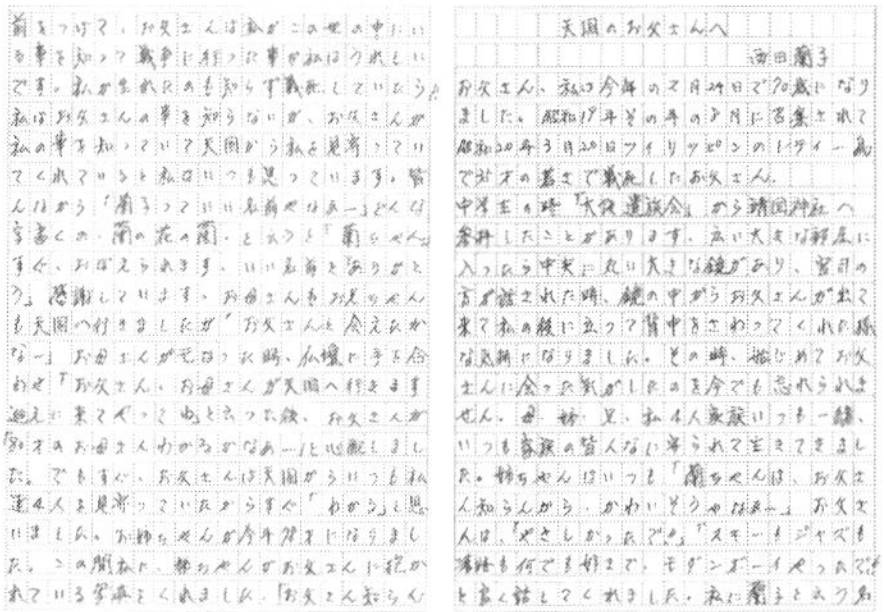

てくれました。

私に蘭子と云う名前をつけて、お父さんは私がこの世の中にいる事を知って戦争に行った事が私はうれしいです。私が生れたのも知らずに戦死していたら！

私はお父さんの事を知らないですが、お父さんが私の事を知っていて天国から私を見守っていてくれているといつも思っています。皆から「蘭子っていい名前やなあ、どんな字書くの」。蘭の花の蘭、と云うと「蘭ちゃん」すぐ覚えられます。いい名前を「ありがとう」感謝しています。

お母さんもお兄ちゃんも天国へ行きましたが「お父さんと会えたかな」。

お母さんが亡くなったとき、仏壇に手を合わせ「お父さん、お母さんが天国へ行きます。迎えに来てやってね」と云った後「お父さんが八十歳のお母さんわかるかなー」と心配しました。でもすぐ、お父さんは天国からいつも私達四人を見守っていたからすぐ「わかる」と思いました。

お姉ちゃんが今年七十八歳になりました。この間私に、姉ちゃんがお父さんに抱かれている写真をくれました。「お父さん知らんから、これ持っておき」と、白黒の写真です。

私は、手帳にはさんで毎日見ています。姉ちゃんも、お父さんもにっこり笑っているので私もつい、にっこり笑ってしまいます。

あと何年か後に天国へ行くと思います。その時は、「お父さん、お母さんと一緒に迎えに来てね」お父さんに会うのを楽しみにしています。

でも、まだあと少しここにいます。待っていてね。

海軍中尉

梅木靖之命

大分県
昭和十八年十月二十二日
東支那海方面にて戦死
二十五歳

妻　梅木信子

「亡き人へ」

靖之様、そちらの世界は如何ですか？　原田さん、難波さんと毎日碁でも打っていらっしゃる？　二十九名、クラス全員が彼岸へ移られた今、さぞやお賑やかでしょう。

此岸にたった一人残された私、一体いつになったらお傍へ呼んで頂けるんでしょう？

毎朝目覚めの時、眞正面の黒枠の貴方へ話しかけます。「又目覚めました。今日も亦別々なのね」

貴方はその日その日で眼ざしが違うの。すごく優しく懐かしそうに見て下さるのかと思うと、淋しそうにじっと見つめて下さる日もあります。

最後の日におっしゃった「君がいるから僕はどんな苦しい時でも幸せでいられる」このお言葉。本当に猛火と濁流の中、息の止まるその苦しい瞬間でも、私を想って幸せでいて下さったの？

七十有二年、いつもいつも思い浮かべるのは、この恐ろしい様

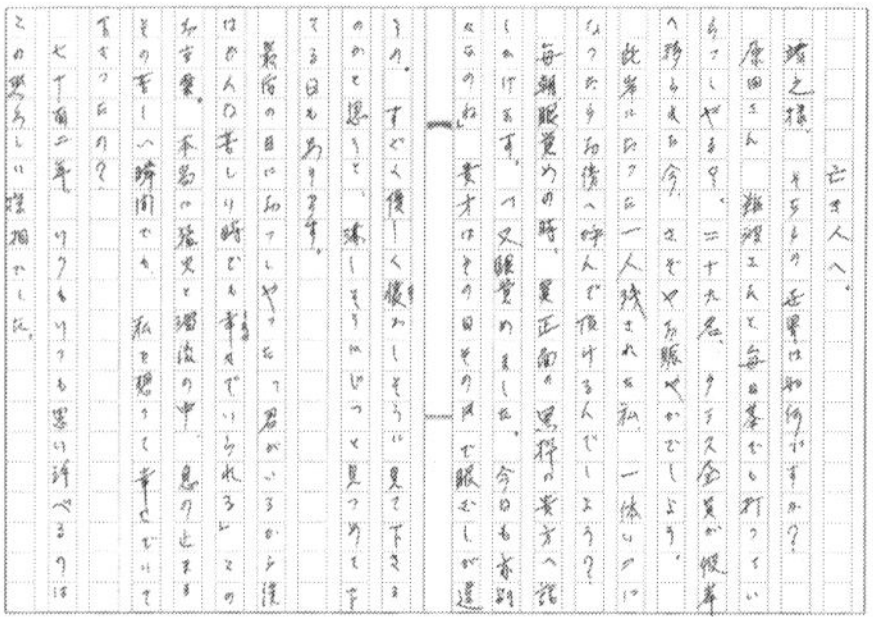

相でした。
　そして今は静寂、暗黒の中に、白骨累累の中に横たわっている貴方、よく目がつぶれないのかと思う程、涙の海で生きてきました。でも幸せでしたの、貴方の愛を永遠の愛を信じ、いつもいつも御一緒のつもりでした。

ときは木の変る事なき緑こそ 征でゆく我の心とぞしれ

　御出征の時下さったこの御歌、六甲山の濃い緑を見る度に、御心を感じます。そして、許婚のままで別れねばならなかった私の為に幾度も幾度も「入籍だけでもして置いてくれ」とお義父様へ願われた貴方。
「還りこぬ身として征く小生の唯一の贈り物です」このお言葉、永い間意味が分かりませんでしたが、海軍葬の時、聞いた「軍人遺族には医学部進学の特典がある」の一言で理解出来ました。御自分の死後も私を守ろうとなさったのね。そして私が二夫に見えるような女でない事を信じて「年老いし父母に孝養の程願い上げ候」と何度も何度も書いて寄こされたのでした。

海軍省へ「結婚許可願」まで出されていたのね。この数々の証拠あって、貴方の戦死後、三カ月経って漸く貴方の妻となりました。勿論ちゃんと結婚式も挙げました。白無垢で遺影と並んだ私でした。

そして貴方のお望み通り医学部へ。そう、私は海軍へ入り戦争に参加し、貴方のみあとを追いたかったんです。

思いもかけない敗戦。誇り高かった日本人が、まるでインディアンのように白人に屈したんです。この屈辱に耐え切れず自決された方も多勢いらっしゃいました。私は弱かった。私は死に切れなかった。それが今重い重い十字架、贖罪となっています。貴方も亦、私に生きる事を望まれたのね。毎夜毎夜、夢で諭された貴方。

「君が僕の名を名乗って生きている限り僕は生きているんだ。僕の短かった人生の生証人なんだよ」そう、たった二十六歳で国に殉じられたあなたの証人なのです。

私は、靖國神社は宗教を超越した、日本人の心のふるさとだと思っています。何もかも消滅させられたのに奇跡的に残った、唯一の日本の心だと思っています。

何ごとのおはしますかは知らねども　かたじけなさに涙こぼるる　　西行

頭を垂れ手を合わせるこの所業、これが日本人の本当の姿だと思います。

十月二十二日、この日を中心にして私の一年は過ぎてゆきます。貴方に逢える日、深奥深遠を思わせる大鏡の向こうに、貴方が見えるのです。千三百十名の運命を共にされた人達と一緒に、皆ニコニコされています。

今年も、来年も、生命ある限り、お逢いしにゆきます。

靖之様、有難う。貴方に頂いたこの尊い一生を悔いなく終ることが出来ますよう、どうぞお見守り下さい。

白き軍服《ふく》あふれる夜の二等車へ　消え征きし人 嗚呼明石駅

海軍三等機関兵曹

岡田秀次命

兵庫県
昭和十七年九月五日
ニューギニア・ラビにて戦死
三十七歳

長男　岡田徹也

岡田秀次様

昭和十六年十二月八日は「大東亜戦争」の開戦日でした。その翌日、父は呉市の「海兵団」に向かって家を出ましたね。父は私に「おい、靖國神社へ会いに来いよ」と言いました。それを聞いた母が「何ちゅうゲンの悪い事を言うのん」と怒った事を覚えています。その時私は小学校二年生、長女の和子は三歳、次女の洋子は母の胎内で七カ月でした。

翌年、五月十五日に父の部隊「呉第五特別陸戦隊」千三十四名が南方に出港との事で、父が下宿している海兵団近くの農家に家族四人と母方の祖母と二泊しました。後で母から聞いた話では、父は「今度の戦争は『上海事変』と違い、敵は手強いので、よく武運を祈っといてくれよ、それで街で護身用にと短刀を見ると先が少し欠けて見えゲンが悪いので止めた」と言っていました。

母に「貴方は特別に背が高いので、何時も頭を低くしとかなあかんよ」と心配されたそうですね。翌早朝、家族で父の部隊を見

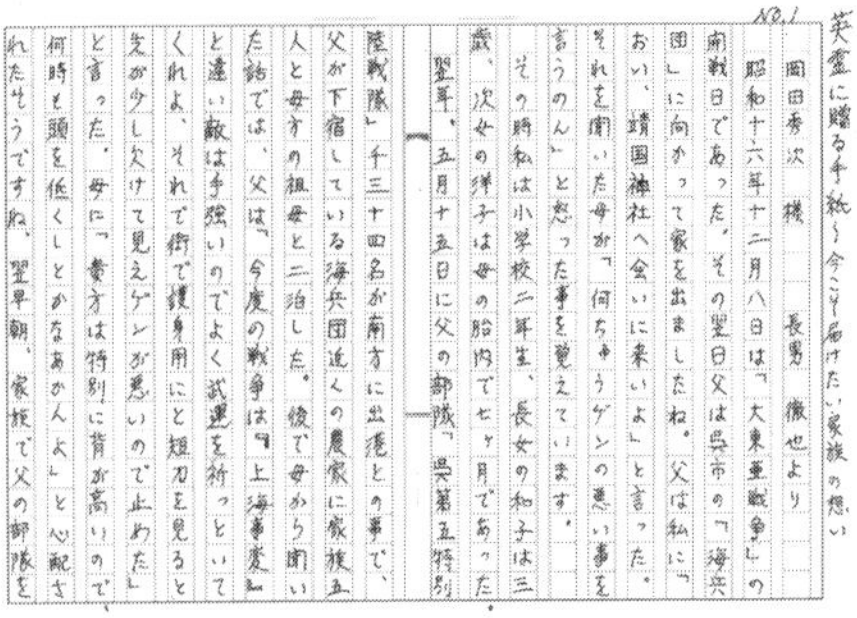
英霊に贈る手紙～今こそ届けたい家族の想い
NO.1
岡田秀次　様　　長男　徹也より
昭和十六年十二月八日は「大東亜戦争」の開戦日であった。その翌日父は呉市の「海兵団」に向かって家を出ましたね。父は私に「おい、靖国神社へ会いに来いよ」と言った。それを聞いた母が「何ちゅうゲンの悪い事を言うのん」と怒った事を覚えています。
その時私は小学校二年生、長女の和子は三歳、次女の祥子は母の胎内で七ヶ月であった。
翌年、五月十五日に父の部隊「呉第五特別陸戦隊」千三十四名が南方に出港との事で、父が下宿している海兵団近くの農家に家族五人と母方の祖母と二泊した。後で母から聞いた話では、父は「今度の戦争は『上海事変』と違い敵は手強いのでよく武運を祈っといてくれよ、それで街で護身用にと短刀を見ると気が少し欠けて見えゲンが悪いので止めた」と言った。母に「貴方は特別に背が高いので何時も頭を低くしとかなあかんよ」と心配されたそうですね。翌早朝、家族で父の部隊を

送ったのが父との最後の別れでした。

その十月雨の日、ポストから父の「戦死」の公報を母が見付けて急に「うわーん、お父ちゃんが死んでしもうたんや」と大声で泣き続けました。

父の給与がなくなり、父が残してくれた田畑を、病弱な母は他人に手伝って貰い、生活費は収穫の米をほとんど売り、家の中で米や金に代る物は全て手放しました。しかし、その日のおかずを買う金が一円も無い日が来ました。今想えば嘘の様な中学生時代でした。

それを見かねた民生委員に「生活保護を受けなさい」と言われたが、母は「そんな恥ずかしい事は出来ません」と断りました。だが、どん底の困窮生活に耐えられずに、医療保護を受けて入院しましたが、四十歳代の若さで父の所に逝ってしまいました。

丸裸同然の母を在天の父はどんな思いで見ていたのでしょう。母を運ぶ車代もなく、リヤカーに筵《むしろ》を敷き、母を寝かせて田舎道を一生懸命に引っ張って帰りました。道中気を張っていたので、

帰るなり「お母ちゃーん」と大声で泣き続けました。

私の長男も不幸で早世しましたが、生活が少し落ち着いた頃、昭和四十四年二月に初めて無謀にも単身で父の最期の地「東部ニューギニア『ラビ部落』」を訪ね探しました。あの時は父と再会した様で、ジャングルの中で大声で泣きましたね。

その後、洋子とマキ（私の長女）を二度、二年半前には私の妻ウメヨと次女苗子の婿幸彦も慰霊に連れて行き、父に紹介しましたね。

今後も遺族達にご加護をお願い致します。

陸軍上等兵

松田貫一郎命

三重県
昭和二十年五月二十二日
フィリピンにて戦死
二十一歳

「母との約束―その後」

妹　松田豊子

一男五女、松田家ただ一人の男子、貫一郎お兄さん。出征する日の朝、病弱であった母に「僕が帰還したら母さんはこの世に居ない。僕が戦死したら母さんには長生きをしてもらう」と言って、我が家を後にしました。昭和十九年四月一日でした。

あれから歳月が流れ、父は昭和六十二年九月九十歳で、母は平成十一年七月に、百歳で此の世を去り、息子の元へと旅立ちました。

生前母はどうして貫一郎は私の夢枕に出てくれないのか、何処かで生きているのだろうかと言っており、逢いたい一念でした。両親はお兄さんが見守って下さったお陰で寝込むこともなく、さらりと来世へ逝きました。

お兄さんは母との約束を守って下さったが、こんな約束より、両親は息子の帰還をどれほど待ち望んでいたことか。

一方、お兄さんが弟のように可愛がっていた愛犬マルは、お兄

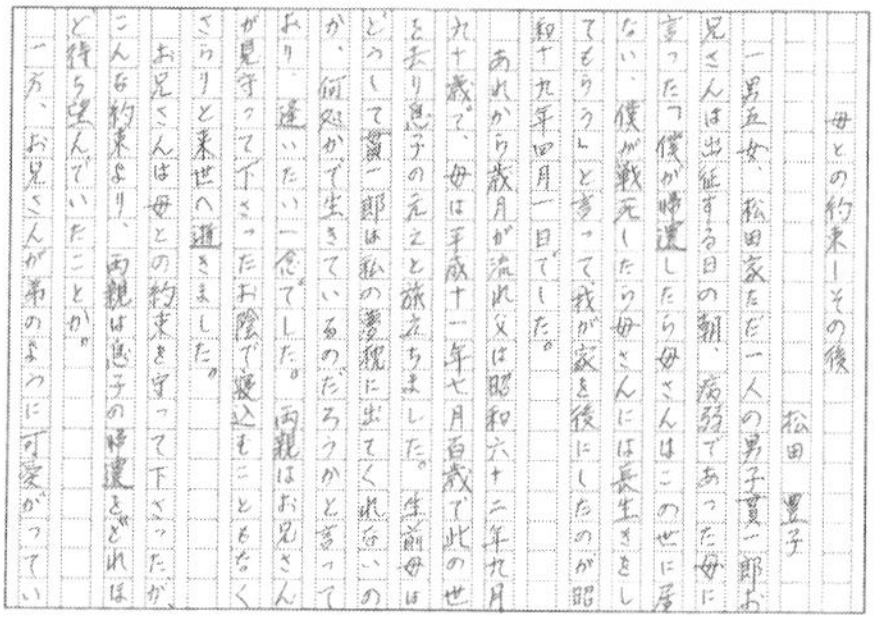
母との約束ーその後
松田豊子
一男五女、松田家ただ一人の男子貫一郎お兄さんは出征する日の朝、病弱であった母に言った「僕が帰還したら母さんはこの世に居ない、僕が戦死したら母さんには長生きをしてもらう」と言って我が家を後にしたのが昭和十九年四月一日でした。
あれから歳月が流れ父は昭和六十二年九月九十歳で、母は平成十一年七月百歳で此の世を去り息子の元へと旅立ちました。生前母はどうして貫一郎は私の夢枕に出てくれないのか、何処かで生きているのだろうかと言っており、逢いたい一念でした。両親はお兄さんが見守って下さったお陰で寝込むこともなくさらりと来世へ逝きました。
お兄さんは母との約束を守って下さったが、こんな約束より、両親は息子の帰還をどれほど待ち望んでいたことか。
一方、お兄さんが弟のように可愛がってい

さん出征の日から一週間、お兄さんが愛用していた帽子を両足で抱え込み、飲まず、食わず、犬小屋から出ず別れを悲しんでいました。その姿は哀れで見ている私達もつらかった。そのマルは昭和二十年五月中旬頃、突然姿を消しました。後日公報が届き、お兄さんの戦死を知りました。それが何と昭和二十年五月二十二日、愛犬マルの魂はお兄さんの戦地、南国ルソン島まで馳せ参じ、お兄さんと戦地を駆け巡り力尽きたのだと思っています。

そして、お兄さんが出征のとき皆様から頂いた寄せ書きの日章旗は、両親健在の昭和六十一年三月三十一日、血染めの日章旗となって両親の手元に帰ってきました。これは和歌山市の市会議員の方が訪米されたとき、米国人の方から遺族に返してほしいと託されたのでした。日章旗には松阪警察署長名などが記されていたことから、松阪市議会へ問い合わせがあり、和歌山市議の方が我が家へ届けて下さいました。その旗はお兄さんが肌身離さず体に巻いていたのでしょう。血痕がたくさん付着していました。苦しかっただろう、痛かったでしょうと心を痛めました。両親は息子の分身が戻ったかのようにその旗をしっかりと抱き締め涙していました。

今、松田家は芳子の次男夫妻と私豊子が、昭和六十年八月十三日養子縁組をし、男子の孫三人です。松田家は存続し、守ってくれます。この縁組には後で判ったのですが、仏縁と言うか摩訶不思議、お兄さんの出生日、八月十三日に縁組成立です。

お兄さんは来世からでも私達を見守っていて下さり感謝しています。

どうぞ安心して下さい。安らかなることを。

合掌

陸軍大尉

岩越博次命

愛知県
昭和十六年九月二十五日
中国湖南省石渡付近にて戦死
三十五歳

「七十年は過ぎたけど」

長男　岩越長一

鍬《くわ》の柄《え》に幼き吾《われ》の名を刻み征《ゆ》きて還《かへ》らぬ父よわが父

七十年前、広い校庭を全面耕して、甘藷《いも》の蔓苗《つるなえ》を植付けた日だった。綴りかたの時間に、担任の先生が、K君の作文を読みあげた。「カレのお父さんは、お国のために戦死された。だから、一緒に勉強をし、仲よく遊んであげることです」と。僕は何んとも悲しい心持で聞いた。頭のいい彼と遊べることは嬉しかったのだが…。

金鯱城《きんこじょう》も町屋《まちや》もついに灰となる「戦争はいかん」老婆が叫ぶ

お父さんが出征のとき連隊のあった名古屋城は、終戦の年の五月十四日、大空襲にあって焼失した。敵機の去ったあと、防空壕

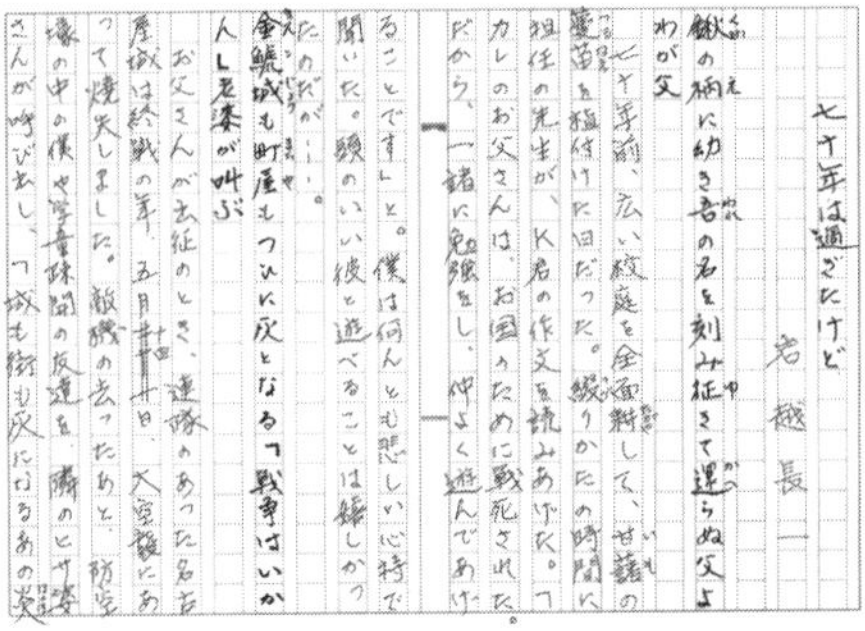

七十年は過ぎたけど
岩越長一
鍬《くわ》の柄《え》に幼き吾《われ》の名を刻み征《ゆ》きて還《かえ》らぬ父よ
わが父
七十年前、広い校庭を全面耕《たがや》して、甘藷《いも》の
蔓苗《つるなえ》を植付けた畑だった。綴りかたの時間に
担任の先生が、K君の作文を読みあげた。「
カレのお父さんは、お国のために戦死された。
だから、一緒に勉強をし、仲よく遊んであげ
ることです」と。僕は何んとも悲しい心持で
聞いた。頭のいい彼と遊べることは嬉しかっ
たのだが……。
金鯱城も町屋《まちや》もつひに灰となる「戦争はいか
ん」と老婆が叫ぶ
お父さんが出征のとき、連隊のあった名古
屋城は終戦の年、五月十四日、大空襲にあ
って焼失しました。敵機の去ったあと、防空
壕の中の僕や学童疎開の友達を、隣のヒサ婆
さんが呼び出し、「城も町も灰になるあの炎

の中の僕や、学童疎開の友達を、隣のヒサ婆さんが呼び出し「城も町も灰になるあの炎《ほのほ》を忘れるな。戦争はいかん」と言った。その夏、戦《いくさ》は終わった。日本中がひっくり返った。

灯の下にミシン踏み続け背を曲げる母よ牛乳でも温めましょう

お父さんの命《いのち》であった金鵄勲章《きんしくんしょう》も国債も、母さんの助けにはならなかったようです。更に農地解放があって、僕は上の学校を、完全に断念しました。母さんは習った洋裁で、人さまの服を縫い続けました。お父さん、あなたの幼な妻であった母さんの苦闘は、僕には筆舌にできるものではありません。

九十七のひとよを語れ九段坂に待つらむ父に添ひたちたれば

母さんは、やがて孫たちに囲まれる平穏の晩年でしたが、居間の鴨居《かもい》に飾ったお父さん、あなたの遺影に花を欠かさず、毎朝夕

挨拶を続けました。七十年余の間、戦争未亡人と言う言葉を最後まで嫌がった母さんの生涯でした。

あれから一年余りになりますが、お父さん、あなたのもとへ行きましたよネ。母さんが。実に安らかに天寿を全うしました。


征きしままの父の留守なる七十年なに話さむや目覚めてゐたり

七十年は過ぎたけど、お父さん、あなたが僕を抱きあげてくれた当時のまま、庭の木斛《もっこく》が今年も、白い花をいっぱいつけます。

お父さん。どうかみんなの、この国の平安をお守りください。ことしも、靖國の杜《もり》へ家族で行きますから…。ではまた。

陸軍曹長

木村嘉藏命

滋賀県
昭和十九年十月十一日
ニューギニア・アイタペ
にて戦死
二十七歳

「生きて逢いたかった貴方へ」

妻　木村より

昭和十九年一月二十五日、最後の休暇を終えた貴方と野洲駅で別れ、二月四日付の手紙「恵まるる後便にて佐様奈良」を最後に、戦場へ発った貴方に初めて手紙を書きます。

恵まるる後便は一度も来ず、場所も部隊名も分からぬまま戦況は悪化の一途、そして終戦、敗戦は悲しく悔しかったけれど「あっ、これで生きていれば還ってくる」と、一日千秋の想いで貴方を待ちました。

昭和二十一年夏頃、貴方と召集が同時であった京都の戦友から、「昭和十九年四月頃ニューギニアのホーランジヤで、第四航空軍の司令部に勤務していた」との便りを受け、当時の人事係の人からも「『司令部勤務を命ず』と書いたと思う」との返事を頂きました。

暫くして「昭和十九年七月一日、『トム』で戦死『サルミ』で戦死」との手紙が航空課から来ました。そして同年十一月「第四

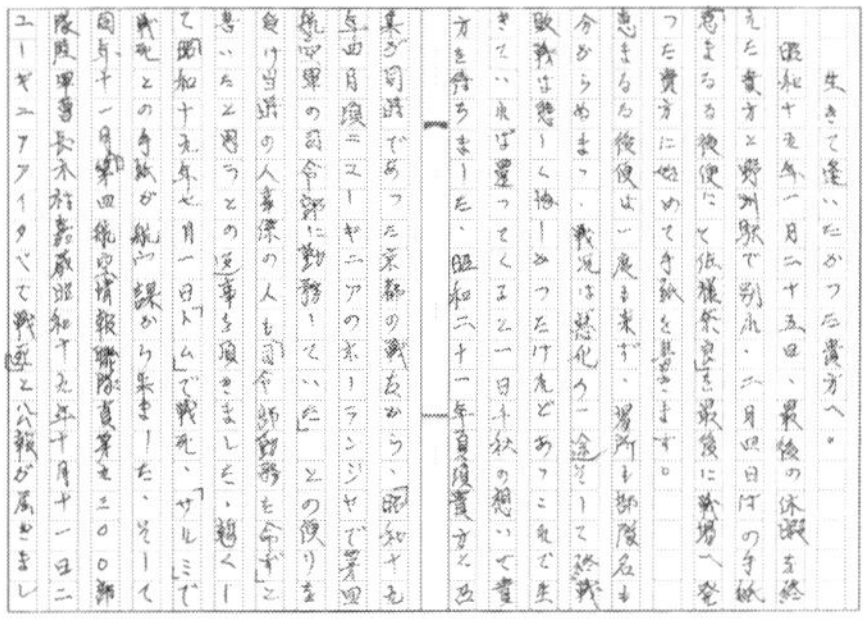

生きて逢いたかった貴方へ。
昭和十九年一月二十五日、最後の休暇を終えた貴方と野洲駅で別れ、六月四日付の手紙恵まるる後便にて依然として最後に戦場へ発つた貴方に始めて手紙を差上ます。
恵まるる後便は一度も来ず、場所も部隊名も分からぬまゝ、戦況は悪化の一途を辿して終戦敗戦は悲しく悔しかったけれどあつこで生きていれば還ってくると一日千秋の想いで貴方を待ちました。昭和二十一年頃貴方と西

条が同職であった京都の戦友から、「昭和十九年四月頃ニューギニアのホーランジヤで第四航空軍の司令部に勤務していた」との便りを受け当時の人事係の人も「司令部勤務を命ず」と聞いたと思うとの返事を頂きました。暫くして昭和十九年七月一日「ドーム」で戦死、「サルミで戦死との手紙が県の課から来ました。そして同年十一月第四航空情報聯隊真第九三〇〇部隊陸軍曹長木村嘉藏昭和十九年十月十一日ニューギニアアイタペで戦死と公報が届きまし

航空情報聯隊真第九三〇〇部隊陸軍曹長木村嘉藏　昭和十九年十月十一日ニューギニア・アイタペで戦死」と公報が届きました。

ホーランジヤのこともあるので聞き糺しましたら、「終戦時其の部隊に居ない行方不明者は戦死とみなせ」とのことです。人一人の最後の地が三カ所も有るとは御免なさい。靖國神社と護國神社の命日は十月十一日ですが、靖國神社の永代神楽祭は七月一日です。

そして私は昭和六十一年三月、日本遺族会主催西部ニューギニア戦跡巡拝に参加して念願のホーランジヤの地も踏みました。貴方が居たと思われる地です。

「貴方巡礼に来ました。私と一緒に故郷に帰りましょう」と心に叫びつつ何も出来ない悔しさに汗と涙の慰霊の旅でした。

又、後日和代も滋賀県遺族会主催の慰霊巡拝に参加してホーランジヤを訪ねました。生れて二カ月足らずの和代を最後に抱いた貴方を思い出します。和代は初めて「お父さん」と呼びかけたそうです。聞こえましたか、魂の叫びが。生きて逢いたかった。

今年私は九十一歳、和代は七十歳になりました。貴方の気にかけた両親は昭和四十三年十二月にお父さんが、四十四年四月にお母さんが、二人とも長く病まずに天寿を終えました。和代夫婦の子は長男「優《まさる》」、二男「亨《とおる》」で亨の長男「朋弘《ともひろ》」が五歳四カ月です。この曾孫に「ひいばあちゃん」と呼ばれ悦にいっている此の頃です。

六カ月余りの短い縁の二人でしたが、貴方のお側へ行ったら戦死の真実を聞かせて下さい。きっときっとですよ。待っていて下さい。

大切な御主人様へ。

木村より

陸軍工兵伍長

中村辰由命

埼玉県
昭和十四年七月三十一日
第百九師団第二野戦病院
にて戦病死
三十一歳

お父さんへ

長男　中村勝由

「おまえが父ちゃんと風呂からでて裸で角力をとっていたら、役場の人が提灯をさげて召集令状を持ってきたので、父ちゃんはあわてて着物を着て出迎えた」と母から聞きました。

父ちゃんは喜んでいたと母は恨めしそうに私に話してくれました。お父さんは日中戦争に行くのを待っていたのですね。

昭和十二年九月二十八日の日記には「先ず中村一家の光栄とするところで有り、天皇陛下萬歳」で終わっていましたね。

お父さんが出征したのは私が一歳半の時なので、お父さんのことは日記と手紙と写真でしかわかりませんでしたが、鉄道の敷設、保線、輸送の激務の中で、手紙や日記を書くのは大変だったと陣中日記にありました。

私のことは手紙に「今日は毛呂のお祭り、勝由も馬が好きだから喜んでいるであろう、元気で遊んでいる様子が目に見えるようである。ただ写真を見て喜んでいる」と。

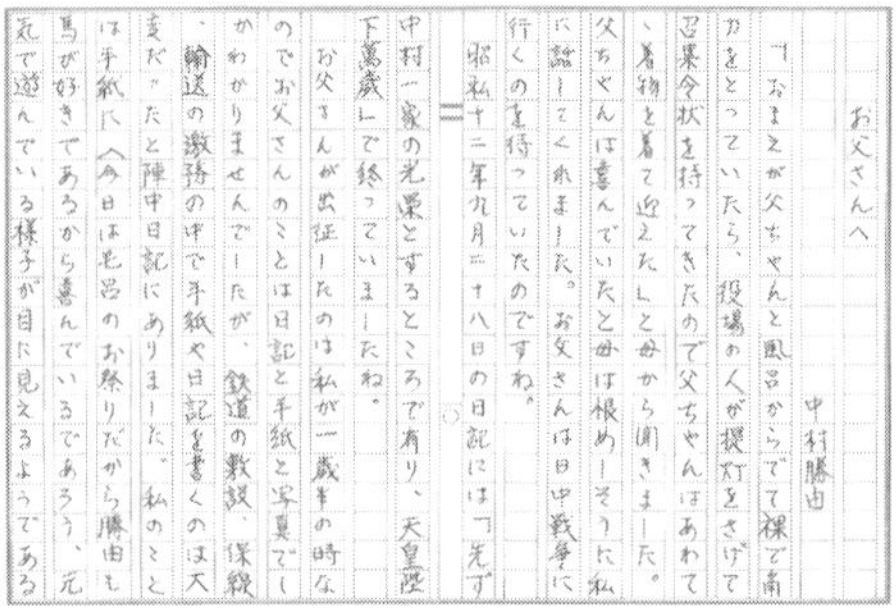
お父さんへ

中村勝由

「おまえが父ちゃんと風呂からでて裸で角力をとっていたら、役場の人が提灯をさげて召集令状を持ってきたので父ちゃんはあわて、着物を着て迎えた」と母から聞きました。父ちゃんは喜んでいたと母は根めしそうに私に話してくれました。お父さんは日中戦争に行くのを待っていたのですね。

昭和十二年九月二十八日の日記には「先ず中村一家の光栄とするところで有り、天皇陛下萬歳」で終っていましたね。

お父さんが出征したのは私が一歳半の時なのでお父さんのことは日記と手紙と写真でしかわかりませんでしたが、「鉄道の敷設、保線、輸送の激務の中で手紙や日記を書くのは大変だ」たと陣中日記にありました。私のことは手紙に〈今日は毛呂のお祭りだから勝由も馬が好きであろうから喜んでいるであろう、元気で遊んでいる様子が目に見えるようである

そして、母への手紙には「勝由には怪我をさせぬように一人前になるまでは親の責任であるから、よく頼んでおく。勝由を立派な人間に育てる親の任務を忘れぬよう今より一層心掛けてもらいたい。勝由も一人で遊ぶことができるだろうから、よし（母）も楽しみぐらいはしてくれ」と母への気遣いもしてくれましたね。

その母も昭和五十一年にお父さんの所へいきました。まだ五十九歳でした。勝由を一人前に育てたよと報告があったでしょうね。

私も結婚して三児の父になりました。お父さんの手紙にある愛情とやさしさと温もりと、母から聞いた子煩悩な父を手本に子供を育てて来ました。お父さんがしてくれたように風呂に一緒に入り角力もとりました。

私は、お父さんが残していった大工道具で、近所の棟梁に弟子入りして大工になりました。仕事にも恵まれ母のために一生懸命に働きました。

今はお父さんの孫があとを継いでいます。私はお父さんより、はるかに長く生きてきましたが、せめて最初で最後の親孝行と思

って「日中友好訪問団」に参加して、お父さんがお国のために尽くして亡くなった、山西省太谷縣太谷に行き、お父さんの好きだった煙草を一緒に吸いましたね。ただ心残りはお父さんと一緒に仕事をしたかったことです。

追悼句

墓洗ふ 工兵伍長の 父知らず　　勝由

陸軍伍長
久井　進命
広島県
昭和二十年八月十八日
広島陸軍病院庄原分院にて
戦傷死
三十一歳

妻　久井スエノ

「天国のあなたへ」

昭和十八年四月一日、お国のために立派な働きをして来ますと「赤紙」一枚手に召されて行ったあなたでした。

「あちん（自分）もついて行く」と泣いた千恵も七十一歳になりました。

再び帰って来てくれると信じて待ちました。而し二十年八月六日、午前八時十五分、アメリカ軍が広島市へ「原子爆弾」を投下しました。

広島市の街も、練兵場に居たあなたも他の兵隊も市民も真黒に焼かれ、ウジ虫に喰われて呻き声で大変でした。重症であっても意識が確かで最後まで千恵のことを心配してくれていました。「千恵は元気でいます」との言葉に安心したのでしょう、急に十八日朝六時三十分に目をつむり息を引き取りました。

直ちに運び出され火葬場へ連れて行きました。

あれから七十年、千恵と二人の生活で淋しい毎日でした。

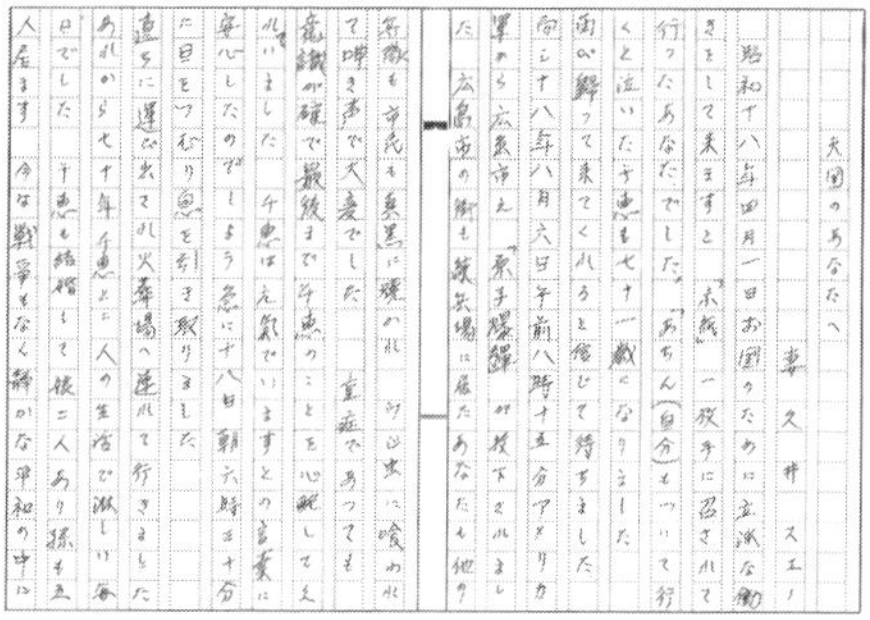
天国のあなたへ

妻　久井スエノ

昭和十八年四月一日お国のために立派な働きをして来ますと「赤紙」一枚手に召されて行ったあなたでした。「あちゃん（自分）もついて行くと泣いた千恵も七十一歳になりました
国へ帰って来てくれると信じて待ちました
昭和二十年八月六日午前八時十五分アメリカ軍から広島市え「原子爆弾」が投下されました　広島市の街も練兵場に居たあなたも他の部隊も市民も真黒に焼かれ　蛆虫に喰われて呻き声で大変でした　重症であっても意識が確で最後まで千恵のことを心配してくれていました　千恵は元気でいますとの言葉に安心したのでしょう急に十八日朝六時五十分に目をつむり息を引き取りました
遺体は運び出されて火葬場へ運ばれて行きました
あれから七十年千恵と二人の生活で厳しい毎日でした　千恵も結婚して娘二人あり孫も五人居ます　今は戦争もなく静かな平和の中に

千恵も結婚して娘が二人あり、孫も五人居ます。今は戦争もなく静かな平和の中に生活しています。

私も独居の暮らしで、唯今老人介護施設へ入所しています。

年齢九十五歳ですので、安全に保護して貰っています。余り遠くない日にあなたの処へ行けると思います。

年を重ねていますので、知らない人と言わないで迎えて下さいね。

手をつないでお父さんお母さんに逢いに行きましょう。

短歌

原爆に夫を奪われ七十年 悔しさ抱きて吾も逝きます

陸軍伍長
田中重之命
宮崎県
昭和十九年一月十九日
南方諸島にて戦死
二十四歳

陸軍兵長
金田　績《いさお》命
鹿児島県
昭和二十年三月十七日
硫黄島にて戦死
二十八歳

陸軍准尉
金田清人命
鹿児島県
昭和十八年十月二十二日
台湾東方約五〇粁にて戦死
二十九歳

姪　林　真由美

ねえ、にいにい。私ちょこちょこそちらの靖國神社へ会いに行ってるの知ってる？
ちゃんと「姪っ子の真由美だっ！」て判ってる？
何年前かな…
父方と母方の家系図を作ったの。三人とも戦死した叔父さんがいたなんて…
重之にいにいは南方諸島で…
績にいにいは硫黄島で…
清人にいにいは東シナ海で…
昭和十八年、十九年、二十年なんて考えられないくらいの激戦の真っ只中じゃない！
飢えと寒さと恐怖で…
日本の方向を向いて「必ず帰る」「こんな所で死ねない」そう思ったでしょう。
月が出てる夜は家族を思い、星を見ては泣いていたんじゃない

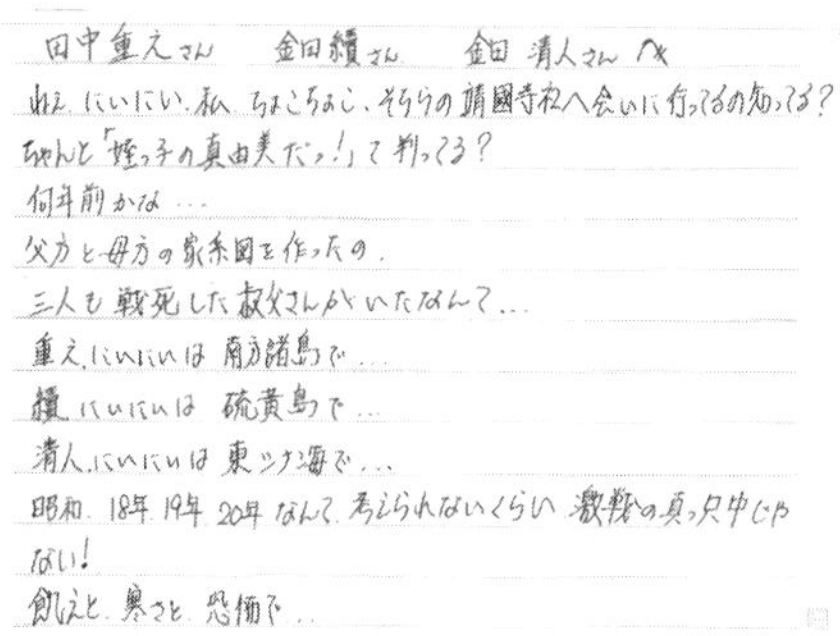
田中重之さん　金田續さん　金田清人さんへ
ねえにいにい、私、ちょこちょこ、そちらの靖國寺社へ会いに行ってるの知ってる？
ちゃんと「姪っ子の真由美だっ！」って判ってる？
何年前かな…
父方と母方の家系図を作ったの。
三人も戦死した叔父さんがいたなんて…
重之にいにいは南方諸島で…
續にいにいは硫黄島で…
清人にいにいは東シナ海で…
昭和18年、19年、20年なんて、考えられないくらい激戦の真っ只中じゃない！
飢えと、寒さと、恐怖で…

かな…

死んでも靖國は問題視され、落ち着かない御霊もいるんじゃ？

ねえにいにい、にいにい達の戦争は本当に終わったの？

軍服はもう着てないの？

上官の命令はもうないの？

心配なことだらけです。

にいにい達から見てる日本は本当にいい国になりましたか？

戦死した人達、一人一人が「御国の為に死ねてよかった」と思える日本になりましたか？

にいにい、私ね人生の半分生きて、にいにい達の歳をとっくに超えてしまいました。

日本の為、国民の為に犠牲になってしまった。

にいにい達は私のヒーローだよ。

だから残りの人生は、世の為人の為にお仕事頑張る。

「真由美ちゃんに出会えて良かった」と沢山の人に云われるように頑張る。

にいにい、にいにい達が戦時中に見た月、あの時見てた月は、今も変わらず一緒…

どんな思いで月を見てたかと思うと辛いです。あの月をにいにい達が見て、お願い事をしてたとしたならば、今度は私から

にいにい達が苦しい思いをしてませんように…

にいにい達が怖い思いをしてませんように…

にいにい達が笑っていられますように…

お月様にお願いしておくね。

また近いうちに、にいにい達と共に英霊となられた坂東久吉さんのお孫さんと靖國神社へ会いに行くね。

姪の真由美より

陸軍兵長

宮内勝信命

千葉県
昭和十九年四月九日
中国にて戦死
三十歳

「軍国一家」

妹　髙岡なを

勝信兄さんに召集令状が来た時、すでに次男の長作兄が東京の新居に、愛妻と十カ月の男の子を残して戦死。一カ月後に三男正三郎兄の戦死。

父はかつての日露戦争で砲兵だったので、相次ぐ二人の戦死に涙を見せず墓石を注文したりして、その心中は如何ばかりだったか。墓の出来上がりを見ずに五十八歳で世を去り、四男勇次、五男源八郎の二人も軍隊に居て、父と最後の別れも出来なかった。

戦争は激しくなるばかりで、勝信兄にも召集令状の来るのを覚悟していたものの、いよいよその日が来た。見送る親戚の人達と庭に立つ私の肩に、兄は大きな手を置き「学校にも行けなくなって大変だろうが嫂《あによめ》さんを助けてやってくれ。兄弟皆で良い田に直したものを一度手放したら、二度と戻らぬ小作人の辛さだ。頼む。俺が命あって戻ったら、なをの嫁着物を一番先に買うからな」

「着物なんか要らねえ、命、命」言葉にならず胸が痛かった。十

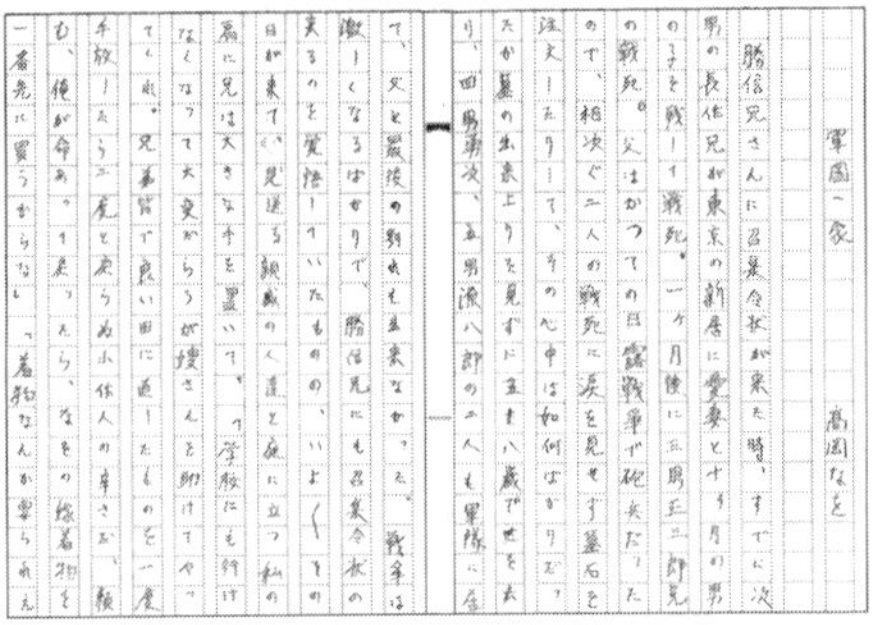

軍国一家　高岡なを

勝信兄さんに召集令状が来た時、すでに次男の長作兄が東京の新居に愛妻と十ヶ月の男の子を残して戦死。一ヶ月後に五男正三郎兄の戦死。父はかつての日露戦争で砲兵だったので、相次ぐ二人の戦死に涙を見せず墓石を注文しおりして、その心中は如何ばかりだったか墓の出来上りを見ずに五十八歳で世を去り、四男勇次、五男源八郎の二人も軍隊に在って、父と最後の別れも出来なかった。戦争は激しくなるばかりで、勝信兄にも召集令状の来るのを覚悟していたものの、いよいよその日が来て、見送る親戚の人達と庭に立つ私の為に兄は大きな手を置いて、「学校にも行けなくなって大変だろうが嫂さんを助けてやってくれ。兄貴が良い田に直したものを一度も手放しちゃ、戻らぬ小作人の辛さが、顔も、俺が命あって戻ったら、なにかの縁起物を一番先に買うからな」着物なんか要らねえ

四歳の春。

それから二年後の四月、種蒔を目前にした日、勝信兄戦死の報が届いたのだ。

嫂は部屋に籠り、母と私、何をしたのか覚えていない。三日過ぎたか四日すぎたか、八十二歳の祖母が「誰が死んでも俺は死がねえ、生きていれば腹がへる。早く飯を炊け」と怒鳴った。育ち盛りの弟はまだ十一歳。空っぽのお櫃をのぞいていた。

母が飯を炊き、嫂にそっと声をかけると、やつれた顔ながら、土間に立った嫂は「一緒に死ぬわけには行かねえ、田圃を守ろう」「おっ母ぁ頼むよ」と母が答へた。

子供のない嫂は、ずっと「おまさ」と名前で呼ばれていたが、主亡き後は一家の長となる意味の「おっ母ぁ」なのだと、安心と悲しさが入り乱れて涙をこぼし乍《なが》ら、母嫂も従いて田を耕した。

二人の兄からの便りは南方気付であって、もう久しく不通となり、東京も空襲され終戦となった。

勇次兄はグァム島にて玉砕。源八郎は硫黄島にて戦死と、遺骨

なき白木の箱が届けられた。世間を見れば、敗れたとは言へ、命あっての復員した家の明るさ。わが家の暗さ。やがて忘れられるであろう、わが家の五人をこのまま葬ってよいのか。

文書に残そう。私は一大決心をし、宮内家の生きた証を祖母、母、父の弟妹から聞き、要点を書き留めた。学力のなく、農家の嫁となった私に書く時間は少なく、一生かかってもよいと覚悟して書いたのが『コスモスの記』で戦後生れの若い人たちも読んでくれています。

陸軍曹長

金山正二命

三重県
昭和十七年十一月十六日
中国にて戦病死
二十九歳

「戦後七十年父に送る私の思い」

長女　松田幸子

年齢を重ね、時間に余裕ができ、幼き日の自分を思い出します。英霊のお父さん、私があなたと初めて会ったのは、五歳の時、小さい箱に入った一握りの灰の姿でした。

いつのまにか私は話しかけてくれる父を求めていたようです。近所で傷痍軍人のお兄ちゃんにめぐり会いました。毎日お兄ちゃんに会いに行きました。半年以上通いました。

ある日「お兄ちゃん、私のお父さんになってくれない」と言ってしまいました。お兄ちゃんは目を丸くして私を眺めていました。それから半年が過ぎた頃でした。お兄ちゃんは私のお父さんになってくれました。可哀想だと思ったのでしょう。私は小躍りして近所挨拶について歩いたそうです。

でも、戦争は私の見つけてきた父も連れて行きました。父は傷痍軍人という診断書から昭和二十年三月上旬に外されていました。三月下旬、母と私は再び父を戦地に送りましたが、昭和二十年十

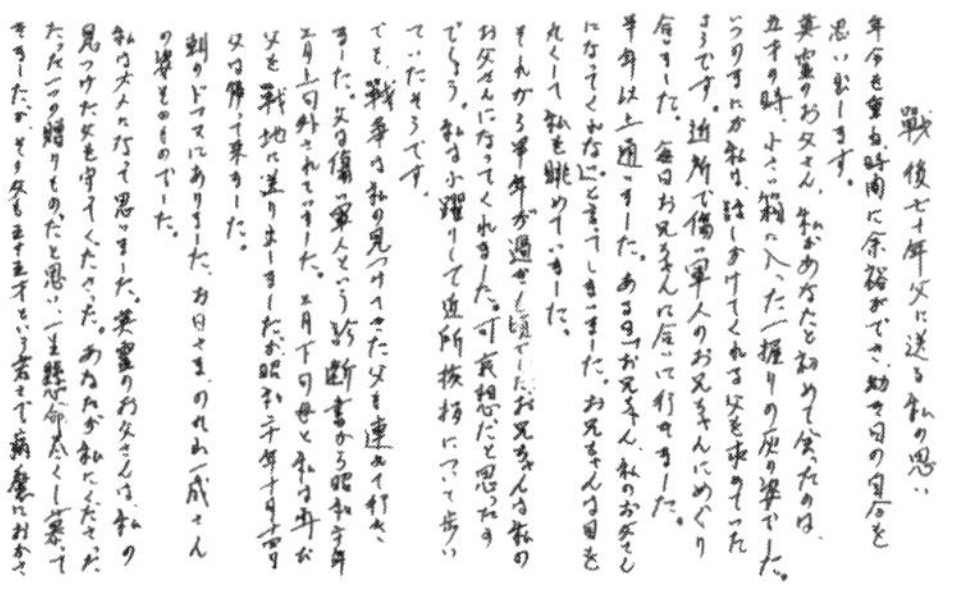

戦後七十年父に送る私の思い
年令を重ね時間に余裕ができ、幼き日の自分を
思い出します。
英霊のお父さん、私があなたと初めて会ったのは
五才の時、小さな箱に入った一握りの灰の姿でした。
いつのまにか私は、話しかけてくれる父を求めていた
ようです。近所で傷い軍人のお兄ちゃんにめぐり
会いました。毎日お兄ちゃんに会いに行きました。
半年以上通いました。ある日、お兄ちゃん、私のお父さん
になってくれないと言ってしまいました。お兄ちゃんは目を
丸くして私を眺めていました。
それから半年が過ぎし頃でしたお兄ちゃんは私の
お父さんになってくれました。可哀相だと思ったのでしょう。私は小躍りして近所挨拶について歩い
ていたそうです。
でも、戦争は私の見つけてきた父も連れて行き
ました。父は傷い軍人という診断書から昭和二十年
五月上旬外されていました。五月下旬母と私は再び
父を戦地に送りましたが昭和二十年十月十四日
父は帰って来ました。
朝のドラマにありました、お日さまの丸山一成さん
の姿そのものでした。
私は大人になって思いました。英霊のお父さんは、私の
見つけた父を守ってくださった。あなたが私にくださった
たった一つの贈りものだと思い、一生懸命尽くし慕って
きましたが、その父も五十五才という若さで病魔におかさ

月十四日父は帰って来ました。

朝のドラマにありました「おひさま」の丸山和成さんの姿そのものでした。私は大人になって思いました。英霊のお父さんは、私の見つけた父を守ってくださった。あなたが私にくださった、たった一つの贈り物だと思い、一生懸命尽くし慕ってきましたが、その父も五十五歳という若さで病魔におかされ、亡くなってしまいました。

私は二人の父の想いをむだにせず、一生懸命生きてまいりましたが、今、日本は経済戦争のまっただ中のうえ、自然災害に人々は苦しんで居ります。

亡き二人のお父さん、私を守って下さった様に、もう一度靖國に眠る英霊の皆さんと共に、戦火の中進んだ勇気と力と忍耐を天の星となり、神様の風となって人々におさずけ下さい。お願いします。

私は今年三月上旬、孫子を亡くしました。孫子は二十七歳の春を迎えようとして居りました。私の父も二十七歳で戦死したと母から聞いて居ります。私は孫の死姿に写真で見た父の姿を重ね「ああ

父はこんな若さで戦場に散ったのか」との思いでペンをとりました。

若者よ大志をいだき夢を追い　生命《いのち》尊ぶ大人《ひと》となりしか

陸軍上等兵

松本一義命

香川県
昭和十八年二月五日
ニューギニアにて戦死
二十五歳

「松本一義に告ぐ」

妻　松本シゲ

昭和十七年十月、うす暗い坂出港。満一歳になったばかりの長男を、ねんねこで背負った私。見送りの人をかき分けやっと見つけたあなた。「元気で大きくなれや」たった一言これが最後でしたネ。待ちましたよ。お便り、冬が過ぎ、春が訪れ、どこにいますことやら。毎日、かげ膳をさし上げて合掌し、無事を祈りましたよ。

十八年お盆の前、待ちこがれたお便りは戦死の公報でした。遠い彼方の東部ニューギニアだったのネ。ああ、父が十月一日亡くなり、眠れぬ日々に明け暮れ、悩みましたよ。秋になり、地区の方々のお助けで、収穫を終え、考えに考えた揚げ句、田地を預け、自立の道を選び、教職を目ざして勉学に励みました。

三原師範での寮生活を終え、二十年四月就職。空襲が増えて、馴れない一年生の指導は大変でした。その上、七月初め高松が焼野原となり、私は五十八名の児童を受持ち、苦難の中でも生活が安定した喜びで、懸命に努力しました。母に助けられ、雅幸も成

松本一義に告ぐ
昭和十九年十月、うす曇り、残暑、満一才になったばかりの長男を、ねんねこで背負った私、見送りの人をかき分けやっと見つけたあなたに、「元気で大きくなれよ」たった一言これが最後でした。ネ、待ちましたよ。お便り冬が過ぎ、春が訪れ、どこにいますことやら毎日、かげ膳をさし上げて無事を祈りましたよ。十八年お盆の前、待ちこがれたお便りは戦死の公報でした。遠い彼方の東部ニューギニアだったのネ、あゝ、父が十月一日亡くなり、眠れぬ日々に明け暮れ、悩みました。秋になり、地区の方々のお助けで、秋の収穫を終え、考えに考えた揚げ句、田地を預け自立の道を選び、教職を目ざして勉学に励みました。二十年四月就職。空襲が増えて、慣れない一年生の指導は大変でした。その上、七月初めの高校が焼野原となり、私は五十八名の児童をお受持ち、苦難の中でも生徒が安定した姿で、懸命に努力しました。

長しましたが、農地改革で田地は没収となり、財産を失い、ご先祖様に申し訳なく思っています。

でも親子で働き、家も新築し、嫁を迎え、長男、長女に恵まれ、人並に平穏な日々を送りました。雅幸は、六十三歳で急逝しました。私の悲しみ、淋しさは想像してください。雅幸は子ども達が、それぞれ健全な家庭をもち、孫達の成長ぶりを見ていますので、まず安心していると思います。今は、高校、中・小学生となりました。ただ一つ、ニューギニアを私と共に、訪ねる希望が果せなかったことを、残念がっているでしょう。

お別れして七十余年、一人息子雅幸が亡くなって十年目、財産はなくなりましたが、私は九十七歳、嫁と二人暮らしで健在です。でも、あなたのお姿は分かりません。何時の日か、よい日に私を迎えにきてください。唯、一つのお願いです。

最後になりましたが、遺族会の方々のご尽力で、年金や国債を頂戴して、もったいない生活に感謝の日々を送っている私です。

どうぞ安らかに

妻　シゲ

陸軍伍長

山部猛雄命

熊本県
昭和二十年七月三十日
フィリピン・ルソン島にて
戦死
三十一歳

妻　山部チモト

「山部猛雄命へ」

昭和十九年一月、北朝鮮で応召され、後《あと》に残ってからの私の事をお伝えします。

あれから二人目のお産を十月に控え、思い切って八月に長女をおんぶして内地に帰りました。道中暑さの中、水は飲み干し脱水状態になった時、或駅で朝鮮の男の人から大きなヤカンで水をもらい助かりました。この時の有難さは命の恩人として今も忘れることはできません。

やっと実家に帰り、十月に男の子が生まれ、名前は貴方が「出征三度目で征三とつけよ」との事でつけました。今でも名前だけはお父さんに頂いたと喜んでいます。

次第に空襲はひどくなり、食物も不足して「これでも戦争に勝つのか」と思う日々でしたが、翌二十年八月敗戦となり、悔し泣きしました。

やがて復員が始まりあちこちに帰還する人があり、我家でも今

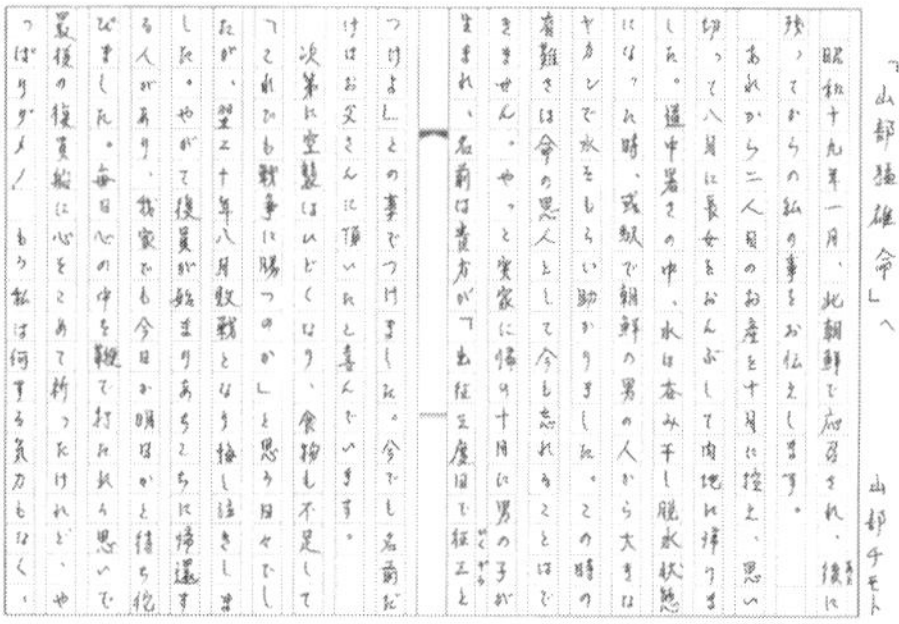

「山部猛雄命」へ　山部チモト

昭和十九年一月、北朝鮮で応召され、後に残ってからの私の事をお伝えします。

あれから二人目のお産を十月に控え、思い切って八月に長女をおんぶして内地に帰りました。道中暑さの中、水は呑み干し脱水状態になった時、或駅で朝鮮の男の人から大きなヤカンで水をもらい助かりました。この時の有難さは命の恩人として今も忘れることはできません。やっと実家に帰り十月に男の子が生まれ、名前は貴方が「出征は慶日で征三とつけよ」との事でつけました。今でも名前だけはお父さんに頂いたと喜んでいます。

次第に空襲はひどくなり、食物も不足して「これでも戦争に勝つのか」と思う日々でしたが、昭和二十年八月敗戦となり悔し泣きしました。やがて復員が始まりあちこちに帰還する人があり、我家でも今日か明日かと待ち侘びました。毎日心の中を鞭で打たれる思いで最後の復員船に心をこめて祈ったけれど、やっぱりダメ！　もう私は何する気力もなく、

日か明日かと待ち侘びました。

　毎日心の中を鞭で打たれる思いで、最後の復員船に心をこめて祈ったけれど、やっぱりダメ！　もう私は何する気力もなく、食べる気もなく部屋にとじ籠ってしまいました。戦友の人と連絡したけれど分からず、遂に「認定公報」が届き、「北部ルソンで昭和二十年七月三十日戦死と認める」とのこと、それを信じるより他なく、悲しい日が続きました。そうした中、父が山の木を伐り小さな家を建ててくれました。やっと私も元気が出て、母子三人楽しく暮らせるようになり、子供が入学するのを機に、私も以前勤務していた小学校に復職でき、いつの間にか三十年が過ぎ、昭和五十二年定年退職しました。

　思い起こせばあれから七十年、色々な事がありました。最も苦労した事は、「どうして家《うち》にはお父さんがいないの」と不審がる我子に、国のこと、戦争と戦死の事など仏前で話し聞かせ、父の役、母の役、教師の役と一人で何役もし、特に父親のない事で卑屈にならないよう注意しました。

お蔭で二人とも素直に育ち、長女は我が家近くに家庭を持ち、長男も土木関係の仕事で、海外協力隊や専門学校教師として、定年になった今も協力隊の仕事で外国との交流を続けています。

私もよき家族に恵まれ、いつの間にか九十五歳になり、あなたの遺言「僕の分まで長生きして子供達を見守ってほしい」は、十分果せたと思っています。

又戦死地フィリピンにも二回慰霊巡拝し、夢でお会いしましたね。

今、あなたは靖國神社に祀られ、国や私共を見守っていて下さる貴い御霊に。

心より感謝の念で一杯です。ありがとうございます。

陸軍少尉

小池正男命

長野県
昭和十八年六月五日
ブーゲンビル島にて戦死
三十二歳

長女　小池早智恵

「父が待ち望んでいた手紙」

お父さん、遠い南の島で待ち望んでいたという手紙、初めて贈ります。

征く父が汽車の窓から消えしとき永久《とわ》の別れか六歳の春

お父さん、覚えていますか……岡谷駅の構内の敷地を、旗の波で埋めつくされた盛大な見送りの中に、六歳の私は、祖父、母、境村の代表の方と、駅のホームにいました。

当時お父さんは、㈱丸興工業の青年学校に教官として勤務しておりましたね。

汽車が川岸駅に向かって動き出し、窓から身を乗り出して、手を振っていた姿が、今でも瞼の奥に焼きついています。お父さんはまだ三十二歳でしたね。

私も歳をとり、子供の頃は余り感じなかった情景が、いつとは

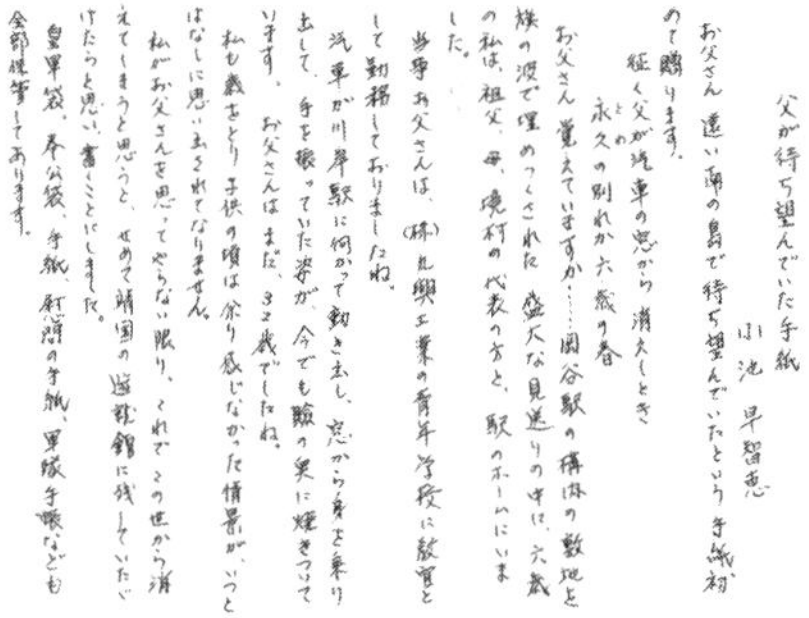
父が待ち望んでいた手紙
小池 早智恵
お父さん 遠い南の島で待ち望んでいたという手紙初めて贈ります。
征く父が汽車の窓から消えしとき
永久《とわ》の別れか六歳の春
お父さん覚えていますか……岡谷駅の構内の敷地と旗の波で埋めつくされた盛大な見送りの中に、六歳の私は、祖父、母、境村の代表の方と、駅のホームにいました。
当時お父さんは、(株)丸興工業の青年学校に教官として勤務しておりましたね。
汽車が川岸駅に向かって動き出し、窓から身を乗り出して、手を振っていた姿が、今でも瞼の奥に焼きついています。お父さんはまだ、32歳でしたね。
私も歳をとり子供の頃は余り感じなかった情景が、いつとはなしに思い出されてなりません。
私がお父さんを思ってやらない限り、これでこの世から消えてしまうと思うと、せめて靖国の遊就館に残していただけたらと思い、書くことにしました。
皇軍袋、奉公袋、手紙、慰問の手紙、軍隊手帳なども全部保管してあります。

なしに思い出されてなりません。

私がお父さんを思ってやらない限り、これでこの世から消えてしまうと思うと、せめて靖國の遊就館に残していただけたらと思い、書くことにしました。

皇軍袋、奉公袋、手紙、慰問の手紙、軍隊手帳なども全部保管してあります。

汗と垢、涙もしみ込んでいる軍隊手帳には「己の本分の忠節を守り義ハ山嶽より重く死は鴻毛よりも軽し」と記されていました。

お父さんは本物の軍人だったのですね。

「財も命も何もいらない。今は国を上げて、ただ天皇の為に尽すべきだ」と手紙がきています。私のこと一寸思ってくれたかしら。

私の夫、賢が土蔵を整理していて、でてきた古い南方からの手紙は「お前宛だから見るように」言われ、初めて見る手紙にびっくりしました。一九四三年四月一日発送の葉書は、私の国民学校の入学の日です。

「早く字を習って手紙をくれ。友だちと仲良くし、泣かない強い人になってくれ」と書いてあり、最近になって読みました。母はどうして私に知らせてくれなかったのでしょうか。

お父さん、その時返事を出せなかった事に、今頃になって後悔しています。

お父さん、私、明治生まれの母も生きていますし、私の娘三人、孫七人と賑やかな家族になりました。

七十一年たってからの返事です。読んでもらえたならば幸せです。

陸軍准尉

大久保忠二命

長野県
昭和二十年六月二十八日
トングーよりモーチ街道を
経て泰國方面へ転進中戦死
三十七歳

長男　大久保雅弘

「父に贈る家族の想い」

昭和四年、二十三歳を迎えたばかりの父が、皇居を守備する近衛兵として入営しました。志半ばで、祖国と家族の安泰を唯々念じながら、異国の地で無念の最後を遂げた激烈壮絶な半生を想い、そして厳しい逆境の中で二人の子供を育み強く生き抜いた母の人間味溢れる姿を、このまま末世まで放置する事は忍びない。

妻子との別れも出来ず、皇居から戦地に旅立ってそのまま還らぬ人となりました。

戦中、戦後の食糧難の時代は、唯々生きるだけで精一杯でした。山中の疎開先、三畳一間に間借りして食事と言えば、サツマイモの中に米粒が数粒、「母ちゃんはサツマイモが大好きだから大丈夫」と私達には米粒を、母の茶碗はいつもサツマイモだけでした。

学校の弁当の時間には、いつも教室から抜け出し校庭でお腹をすかして、ふらふらしながら遊んだ記憶があります。

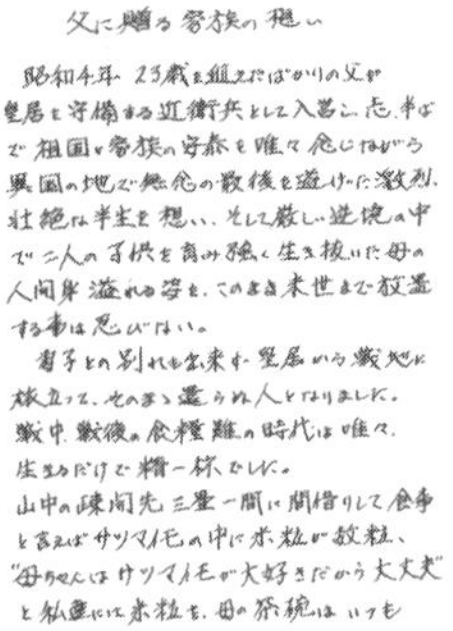
父に贈る家族の想い
昭和本年 23歳を迎えたばかりの父が
皇居を守備する近衛兵として入営し、志半ば
で祖国と家族の安泰を唯々念じながら
異国の地で無念の戦後を遂げた激烈、
壮絶な半生を想い、そして厳しい逆境の中
で二人の子供を育み強く生き抜いた母の
人間味溢れる姿を、このまま来世まで放置
する事は忍びない。
妻子との別れも出来ず皇居から戦地に
旅立って、そのまま還らぬ人となりました。
戦中、戦後の食糧難の時代は唯々、
生きるだけで精一杯でした。
山中の疎開先三畳一間に間借りして食事
と言えばサツマイモの中に米粒が数粒、
"母ちゃんはサツマイモが大好きだから大丈夫"
と私達には米粒を、母の茶碗はいつも

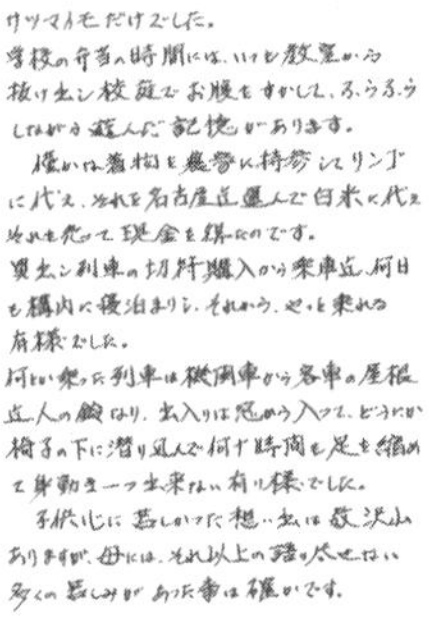
サツマイモだけでした。
学校の弁当の時間には、いつも教室から
抜け出し校庭でお腹をすかして、ふらふら
しながら遊んだ記憶があります。
僅かな着物を農家に持参してリンゴ
に代え、それを名古屋迄運んで白米に代え
それを売って現金を得たのです。
買出し列車の切符購入から乗車迄、何日
も構内に寝泊まりし、それから、やっと乗れる
有様でした。
何とか乗った列車は機関車から客車の屋根
迄人の鈴なり、出入りは窓から入って、どうにか
椅子の下に潜り込んで何十時間も足を縮め
て身動き一つ出来ない有り様でした。
子供心に苦しかった想い出は数沢山
ありますが、母には、それ以上の語り尽せない
多くの苦しみがあった事は確かです。

僅かな着物を農家に持参してリンゴに換え、それを売って現金を得たのです。買出し列車の切符購入から乗車迄、何日も構内に寝泊まりし、それからやっと乗れる有様でした。何とか乗った列車は機関車から客車の屋根迄、人の鈴なり、出入りは窓から入ってどうにか椅子の下に潜り込み、何十時間も足を縮めて身動き一つ出来ない有り様でした。

子供心に苦しかった想い出は数沢山ありますが、母にはそれ以上の語り尽くせない多くの苦しみがあった事は確かです。

「何度死のうと思ったか知れない。でも残された子供達の為に何とか生き延びなければ」…父親の顔は写真でしか知りませんが、母は父となり母となり、戦後の地獄から這い上がりながら家庭を築き、健康な体も貰い、人並の教育も受けさせて呉れました。

その恩返しもままならず、これからという時に突然の旅立ちでした。気が付けば「孝行したい時には親はなし」です。

いつも明るく希望を持って生きる事を自ら実行して見せて呉れた母、希望と自信を持って生きなさい…と今も聞こえる母の声。

今日、我々がここに命あるは父、母のお蔭です。

此処に亡き父母を偲び、その足跡を記し、父に報告する事が、子供として今出来る最大の親孝行と確信する者です。

安らかにお眠り下さい。

合掌

平成二十六年六月吉日

長男　大久保雅弘

陸軍軍属

藤川八重子命

兵庫県
昭和二十年十月一日
フィリピン・ミンダナオ島
ランガシアンにて戦病死
二十一歳

妹　松本園子

こまい姉ちゃん　庭に紫陽花がきれいに咲いています。甘えてばかりで世話ばかりかけていた私も米寿を迎える年になりました。

出征なさる姉ちゃんを社駅で見送ったのが、最後の別れになるとは思いもしませんでした。

あれから私は小学校の教師になり、正司兄さんが戦地で約束したという戦友の主人と結婚し、耕一郎という一人息子を授かり、何不自由のない幸せな日々を送っております。

自分が幸せであると同時に、辛かったであろう姉さんに申しわけない思いで一杯です。

賑やかな夕食後、あみだくじでみかんをわけたり、夏の夕べ、かどの床机にすわって、蚊に血を吸わせて辛抱比べしたり、熱いお茶の早飲み競争をしたりと楽しい思い出が次々とうかんで参ります。十一人もいた兄妹、みんななくなって私一人となってしま

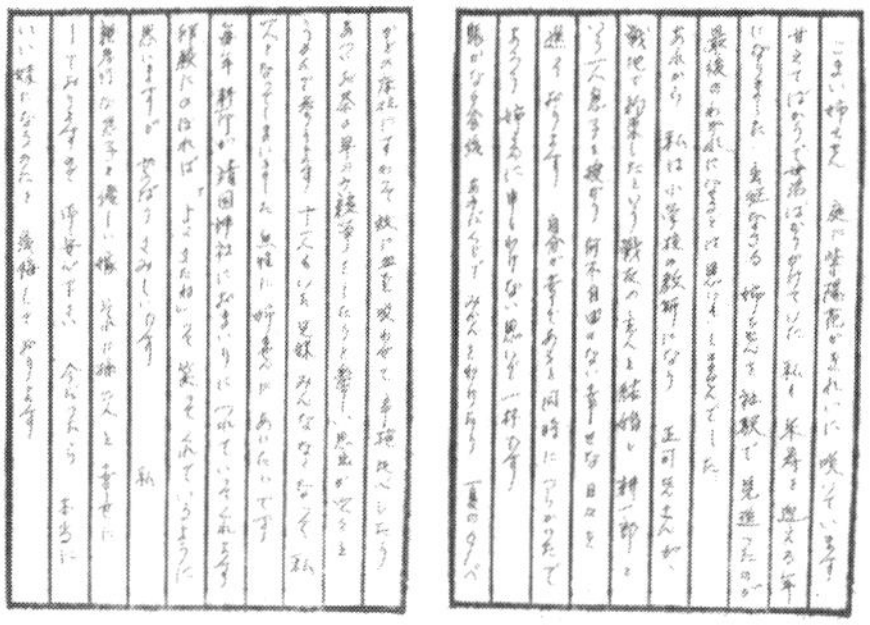

いました。無性に姉さんにあいたいです。

毎年、耕一郎が靖國神社におまいりにつれていってくれます。拝殿にのぼれば「よくきたね」って笑ってくれているように思いますが、やっぱりさみしいです。

私、親孝行な息子と優しい嫁、それに孫二人と幸せにしておりますので、御安心下さい。今だったら本当にいい妹になるのにと後悔しております。

こまい姉ちゃん、優しいお人柄でみんなに好かれていたように、靖國のお仲間と仲良く私達を見守って下さいね。

安らかにおねむり下さい。

かしこ

園子

姉上様

陸軍兵長

安藤仁三郎命

愛知県
昭和二十年三月二十五日
フィリピン・ルソン島バタンガス州タナワンにて戦死
二十八歳

妻　安藤たま

「七十一年目のおたより」

あなたにおたよりを出す機会が来ました。何より喜ばしい事から、昭和十九年九月十一日、汀君が誕生しました。早速おたよりを出しましたが、あの激戦地（比島）には届かなかったでしょう。あなたの喜ぶ顔を見る事も出来ず、あの赤紙がもう一カ月遅れていたらと悔しい限りです。

二十年五月の空襲で実家は焼けました。事情があり汀と私は、大口町の本家の世話になる事となり、あなたの土地を返してもらい農業をはじめました。あなたがきっと帰って来ると信じて一生懸命働きました。しかし最後の消息もわからないまま三年後に公報が来ました。

馴れない農業では収入も少なく、汀の就学も近づき先の事を考え、保母の資格をとり、村の保育所に就職しました。収入も安定し、汀も小学生になりました。しかし、戦後の経済復興のため、近隣の村々に工場誘致がはじまり、私の村にもある工場がきまり

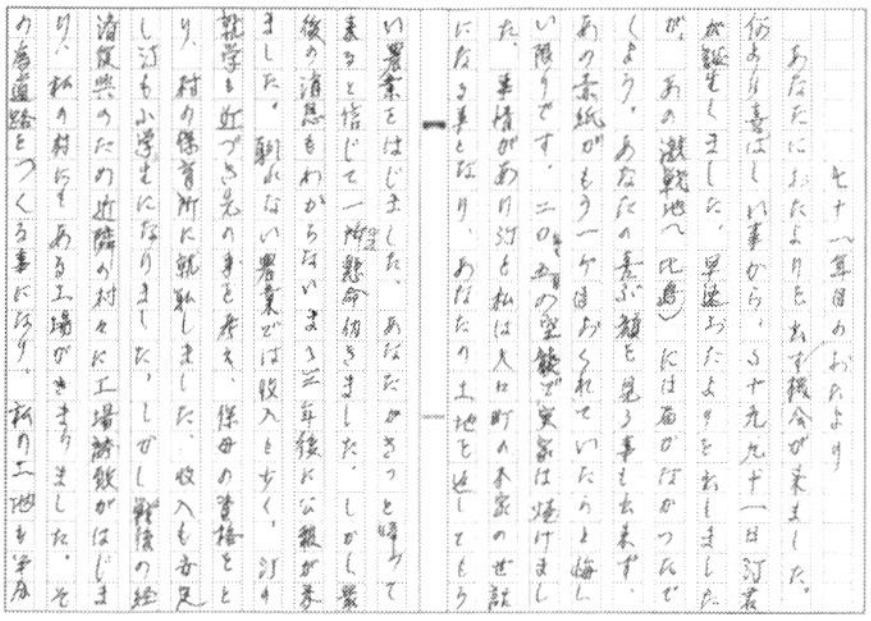
七十一年目のおたより
あなたにおたよりを出す機会が来ました。何より嬉しい事から。S十九九十一日汀君が誕生しました。早速おたよりを出しましたが、あの激戦地へ（比島）には届かなかったでしょう。あなたの喜ぶ顔を見る事も出来ず、あの赤紙がもう一ケ月おくれていたらと悔しい限りです。二十年春の空襲で実家は焼けました。事情があり汀と私は大仁町の本家の世話になる事となり、あなたの土地を返してもらい農業をはじめました。あなたがきっと帰って来ると信じて一生懸命働きました。しかし終戦後の消息もわからないまま三年後に公報が来ました。慣れない農業では収入も少く、汀も就学も近づき先の事を考え、保母の資格をとり、村の保育所に就職しました。収入も安定し汀も小学生になりました。しかし戦後の経済復興のため近隣の村々に工場誘致がはじまり、私の村にもある工場ができました。その為道路をつくる事になり、私の土地も半分

ました。その為道路をつくる事になり、私の土地も半分以上かかる事になりました。私は汀に少しの土地でも、先祖からもらった土地を残してやりたいという思いから、代替地を要求しました。町長は「あんたには土地はやらない。そのかわり家を建ててやる」と。断りました。町長は「儂《わし》の言うことを聞き入れなければ、保育所をやめてもらう」と権力者のきびしい言葉に泣かされました。

その後、事情がかわり、一部を提供することになりましたが、本家は家屋敷全部、道路となり、あなたの生家もなくなりました。汀も中高と進み、大学の二部に合格しました。家庭の事情もあり、五年後の進学を約束し、バイトをしながら頑張りました。そして大学院に合格しました。

お父さんほめてやって下さい。世の中にはこんな人もいるのよ。「お金がもらえるでしょう」又ある民生委員は「後家ごほうらつで、年金よけい（沢山）もらっていいことだ」と、子供も学校から帰って「おかえり」と声をかけてくれる人もなく、どんなに淋しかった事か、一家に主人がいない悲哀はその身にならないと。

お父さんさえいてくれたらこんな苦労もなかったろうに。九条はいつまでも守ってほしい。又おたよりします。

顔も見ず名付けて父は召され征く

よく来たと一言ほしい九段坂

海軍中佐

山田恭司命

神奈川県
昭和十九年十月二十七日
フィリピン方面にて戦死
二十四歳

「やっさん兄さん」

義弟　平原恒男

七十年が飛ぶように過ぎ去りました。

不思議な出会いは、昭和十八年夏、横須賀駅のホームでしたね。私は小学五年生でしたが、海洋少年団で海兵団見学の帰り道、純白の制服に短剣姿の浅黒い海軍士官が微笑を浮かべて近づいてきました。品川駅で優しく肩に手を置いて「これからは、やっさん兄さんと呼びなさい」と言って貰った瞬間は、思い出すたびに幸せな気持にしてくれます。父が出征したばかりの一人っ子への温かい思いやりでした。

その夏は日曜ごとに友達と霞ヶ浦航空隊に通い、沢山の忘れられない思い出をいただきました。秋には、小学校や家にも来てもらいました。翌十九年、宇佐航空隊に転任しても、東京出張時には家に立ち寄って下さいました。

春頃からぱったりと音信が途絶えたうえに、サイパン玉砕以降、空襲が激化して疎開もはじまりました。そして十一月のはじめ、

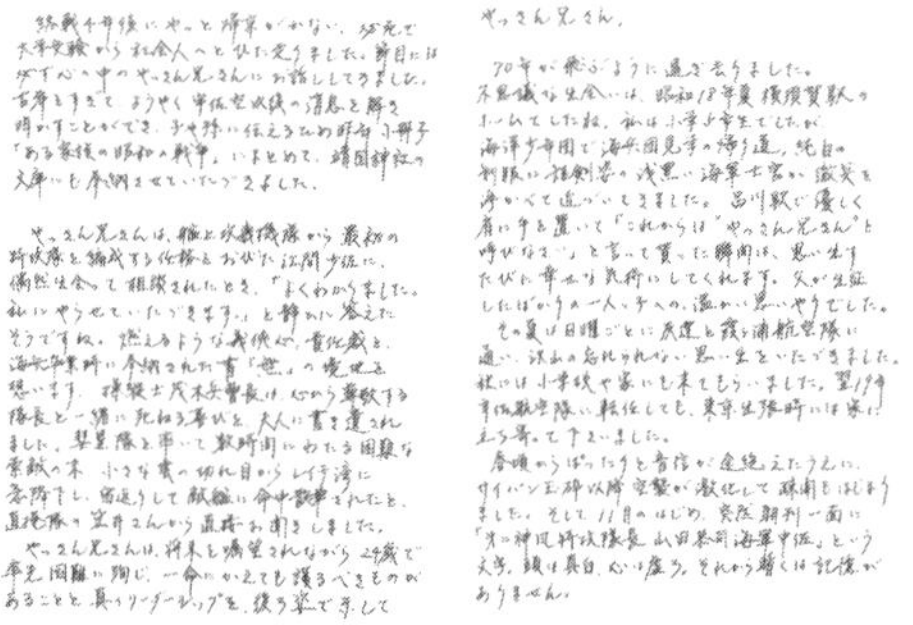

やっさん兄さん、

70年が飛ぶように過ぎ去りました。不思議な出会いは、昭和18年夏横須賀駅のホームでしたね。私は小学5年生でしたが海洋少年団で海兵団見学の帰り道、純白の制服に短剣姿の浅黒い海軍士官が微笑を浮かべて近づいてきました。品川駅で優しく肩に手を置いて「これからは"やっさん兄さん"と呼びなさい」と言って貰った瞬間は、思い出すたびに幸せな気持にしてくれます。父が出征したばかりの一人っ子への、温かい思いやりでした。

その夏は日曜ごとに友達と霞ヶ浦航空隊に通い、沢山の忘れられない思い出をいただきました。秋には小学校や家にも来てもらいました。翌19年千歳航空隊に転任しても、東京出張時には家に立ち寄って下さいました。

春頃からぱったりと音信が途絶えたうえに、サイパン玉砕以降空襲が激化して疎開もはじまりました。そして11月のはじめ、突然朝刊一面に「第二神風特攻隊長山田恭司海軍中佐」という文字。頭は真白、心は虚ろ。それから暫くは記憶がありません。

終戦4年後にやっと帰京がかない、必死で大学受験から社会人へとひた走りました。節目には必ず心の中のやっさん兄さんにお話ししてきました。古希をすぎて、ようやく宇佐空以後の消息を解き明かすことができ、子や孫に伝えるため昨年小冊子「ある家族の昭和の戦争」にまとめて、靖国神社の文庫にも奉納させていただきました。

やっさん兄さんは、艦上攻撃機隊から最初の特攻隊を編成する任務をおびた江間少佐に、偶然出会って相談されたとき、「よくわかりました。私にやらせていただきます」と静かに答えたそうですね。燃えるような義侠心、責任感と、海兵卒業時に奉納された書「無」の境地を想います。操縦士茂木兵曹長は、心から尊敬する隊長と一緒に死ねる喜びを夫人に書き遺されました。彗星隊を率いて数時間にわたる困難な索敵の末、小さな雲の切れ目からレイテ湾に急降下し、宙返りして敵艦に命中散華されたと、直掩隊の笠井さんから直接お聞きしました。

やっさん兄さんは、将来を嘱望されながら24歳で率先国難に殉じ、一命にかえても護るべきものがあることと、真のリーダーシップを、身を挺して示して

突然朝刊一面に「第二神風特攻隊長、山田恭司海軍中佐」という文字。頭は真白、心は虚ろ。それから暫くは記憶がありません。

終戦四年後にやっと帰京がかない、必死で大学受験から社会人へとひた走りました。節目には必ず心の中でやっさん兄さんにお話ししてきました。

古希をすぎて、ようやく宇佐空以後の消息を解き明かすことができ、子や孫に伝えるため昨年小冊子『ある家族の昭和の戦争』にまとめて、靖國神社の文庫にも奉納させていただきました。

やっさん兄さんは、艦上攻撃機隊から最初の特攻隊を編成する任務をおびた江間少佐に、偶然出会って相談されたとき、「よくわかりました。私にやらせていただきます」と静かに答えたそうですね。燃えるような義侠心、責任感と、海兵卒業時に奉納された書『無』の境地を想います。操縦士茂木兵曹長は、心から尊敬する隊長と一緒に死ねる喜びを夫人に書き遺されました。

彗星隊を率いて数時間にわたる困難な索敵の末、小さな雲の切れ間からレイテ湾に急降下し、宙返りして敵艦に命中散華された

と、直掩隊の笠井さんから直接お聞きしました。

やっさん兄さんは、将来を嘱望されながら二十四歳で率先国難に殉じ、一命にかえても護るべきものがあることと真のリーダーシップを、後ろ姿で示して下さいました。何倍も馬齢を重ねている私ですが、敬慕の思いと痛惜の念は尽きることがありません。

足の動く限り、ご命日には靖國神社に参ります。

また白い歯で微笑んでいただくのを楽しみにしております。

平成二十六年六月

平原恒男拝

陸軍中佐

中島正彦命

岡山県
昭和二十年八月二十二日
中国牡丹江省寧安県石頭付近にて戦死
二十七歳

長男　中島正一郎

「天上の貴方へ」

徹頭徹尾軍人であった貴方が母と結婚したのは昭和十九年十月二十六日、公報による戦死日は同二十年八月二十二日と戸籍謄本に記されています。

貴方は昭和二十年の五月中旬、内地とは一カ月遅れの桜が満開の頃、母を東部満洲・綏西《すいせい》の官舎から「あと三カ月何も無ければ呼び寄せるから」と、当時奉天《ほうてん》に在任していた祖父母の元へ帰したそうですね。暫くして母は妊娠した事を貴方に知らせたそうです。それから三カ月が経過しソ連参戦、終戦と混乱の続く中、翌昭和二十一年二月三日、母は市内加茂町の家で私を出産し、その年十月祖父母と共に郷里へ引き揚げました。

幸いにも祖父母が懸命に貴方の役目を果たしてくれ、私は人並み以上に幸福に育ちました。若かった母も貴方との思いをじっと胸に秘めて「やる気、負けん気、なにくそ！」の精神で今日まできた様に思います。

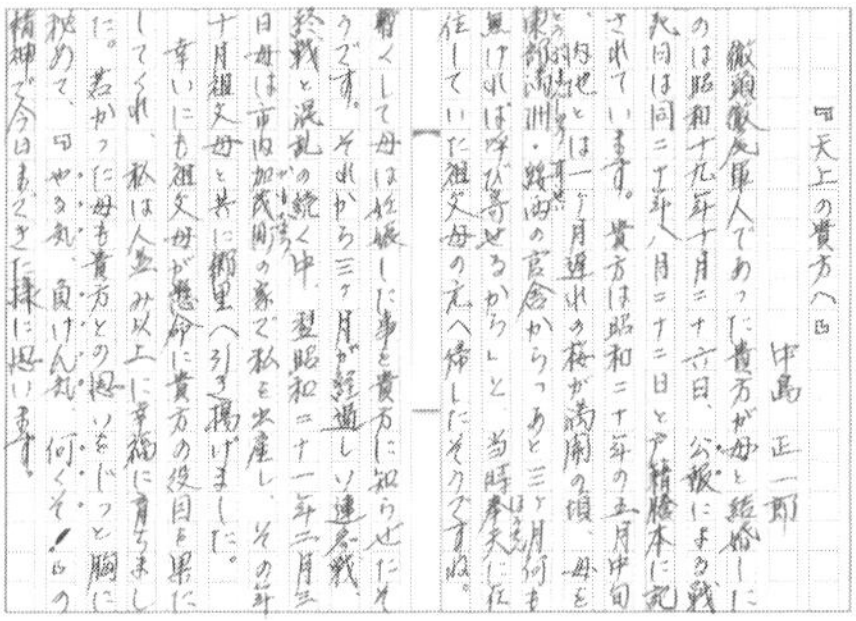
「天上の貴方へ」
中島 正一郎
徴兵で軍人であった貴方が母と結婚したのは昭和十九年十月二十六日、公報による戦死日は同二十年八月二十二日と戸籍謄本に記されています。貴方は昭和二十年の五月中旬、内地とは一ヶ月遅れの桜が満開の頃、母を東部満洲・[illegible]の官舎から「あと三ヶ月何も無ければ呼び寄せるから」と、当時[illegible]に在住していた祖父母の元へ帰したそうですね。
暫くして母は妊娠した事を貴方に知らせたそうです。それから三ヶ月が経過し、ソ連参戦、終戦と混乱の続く中、翌昭和二十一年二月三日、母は市内加茂町の家で私を出産し、その年十月祖父母と共に郷里へ引き揚げました。
幸いにも祖父母が懸命に貴方の役目を果してくれ、私は人並み以上に幸福に育ちました。若かった母も貴方との思い出をじっと胸に秘めて、「やる気、負けん気、何くそ！」の精神で今日まで[illegible]様に思います。

今は家族内で大祖母（オーバ）と呼ばれる母も、卒寿を過ぎて少し涙脆くなりました。時々仏壇の位牌に手を合わせ、「私を置いて先に逝ってしまうんだから」とか、「そっちへ行っても捜しませんよ」とか「貴方の曾孫ですよ、わかりますか」と一人言を言っています。月々の命日には好物の供物を欠かしません。そして毎年八月の盆に「親父はどうしたんだろうね」と訊ねる私に何も答えません。きっと母はわかっているのでしょう。

体格が良くロシア語が堪能、責任感が強かったと聞く貴方。もしかしてどこかにと思った事もあるでしょう。しかし、母は貴方と暮した七カ月余の生活の中で、私には知る事のできない覚悟という特別の思いも持った様です。

昇殿参拝をしてじっと目を閉じると、いつも「お前がしっかり家族を守れ！」という貴方の声が天上から聞こえてくる様な気がします。以前、貴方が母と暮した地域を訪ね、広野の真中に立って、往時貴方が見たと思う景色を眺め、吸ったと思う空気を吸ってきました。

最近母がよく私に言います。「お父さんと二人で還暦を祝ってもらおうと思うと、お父さんは二十八で死んでしまったのだから、私がその分生きないと計算が合わないの。だから私は何としても九十四まで は生きたいわ」

貴方はきっと天上で笑って見ているでしょう。母がそっちへ行ったら捜してあげてください。

母の心の中に生きているのは二十八歳の時の貴方ですから…。

陸軍歩兵少佐

原　鶴三命

佐賀県
昭和十三年六月十日
中国安徽省梅心驛付近にて
戦死
四十一歳

長女　林　信子

「お父さん覚えていますか」

今年も暑い夏がやって来ます。そして夏には又熊本へ行くつもりです。なつかしい熊本の町……

毎日、私と美津ちゃんとちいちゃんの三人、碩台小学校の前を通って藤崎八幡宮までお父さんを迎えに行きました。

お父さんは、同じ時間にカバンを持って帰って来ました。午後四時は私達の帰宅時間であり、お父さんを「お迎え」の時間でした。どんなに楽しい遊びでもやめて、この場所に向かったものでした。

お父さんは、いつも笑顔で「ただ今！」と言い、ちいちゃんを抱き、私と美津ちゃんはお父さんのカバンを持って、「お手てつないで…」とか「夕焼けこやけ」を歌いながら帰りました。

お父さんの手はあたたかで、お父さんの笑顔はやさしかった。

家に帰るとお父さんは一人づつ抱き上げて、「高い高い」をしてくれました。碩台小学校の前の道…それは私達三人の姉妹の一

お父さん　覚えていますか、
林　信子
今年も暑い夏がやって来ます。
そして夏には又熊本へ行くつもりです。
なつかしい熊本の町…
毎日、私と英津ちゃんと、ちいちゃんの三人、
碩台小学校の前を通って藤崎八幡
宮までお父さんを迎えに行きました
お父さんは同じ時間にカバンを持って
帰って来ました。
午後四時は私達の帰宅時間であり
お父さんとのお迎えの時間でした
どんなに楽しい遊びでもやめて、この
場所に向かったものでした
お父さんはいつも笑顔で「ただ今…」と
言い、ちいちゃんを抱き私と英津ちゃん
はお父さんのカバンを持って
「お手々つないで」とか「夕焼けこやけ」
を歌いながら帰りました
お父さんの手はあたたかで、お父さんの
笑顔はやさしかった
家に帰るとお父さんは一人づつ抱き
上げて、高い高いをしてくれました。
碩台小学校の前の道…それは

番好きな道でした。

でも、お父さんは戦場に旅立ち、二度と戻ってはこなかった。お父さんとの約束を守って一生懸命勉強して待っていたのに…私達三人は、夏になると毎年この道を歩いています。そして、何年も何十年もの月日が流れました。碩台小学校も藤崎八幡宮もあの日のままに存在しています。

夏にはせみしぐれ…八幡宮の木々を揺らして涼風が吹いています。

そして小学校からは子供達の声が賑やかにきこえます。

あの頃と変わらない町並み…どこからか「ただ今…」とお父さんの姿が現れそうなこの道…。移り行く年と共に歩いたこの道…

私達は、はや八十代を迎えました。

お父さん覚えていますか？

ここに立つとありし日のお父さんの笑顔が浮かびます。

陸軍兵長

佐藤將夫命

秋田県
昭和二十年十二月二十五日
奉天にて戦病死
二十八歳

長女　山田マサヨ

「おどうへ」

もし、おどうに夢の中で会えたら白いまんまと、なめこ汁おかずはがっこと、おふくろ味のきんぴら、煮魚で大歓迎します。食卓を囲み、話しっこいっぺーして、いつまでも一緒にいたい、夢の中にいたい。

終戦から一年位たった時、満洲に疎開してた、あばあに連れられて三部落の方々と引き揚げ船に乗ってようやく上陸したと知った。

それからのあばあは苦労の連続で今日も明日も毎日おどうを待っていたのに、届いたのは白い箱でした。あばあと私を残して二十八歳で、あの世に先立たれても、ひょっこり帰って来ると信じていたそうです。

あばあは今年八十八歳の米寿を迎え、三年前から軽い痴呆になっても、おどうと暮らした事、私が生まれてから抱っこして、あやして可愛がっていた姿を身ぶり手ぶりで、少女のように、目を輝かせて伝えてもらったよ。

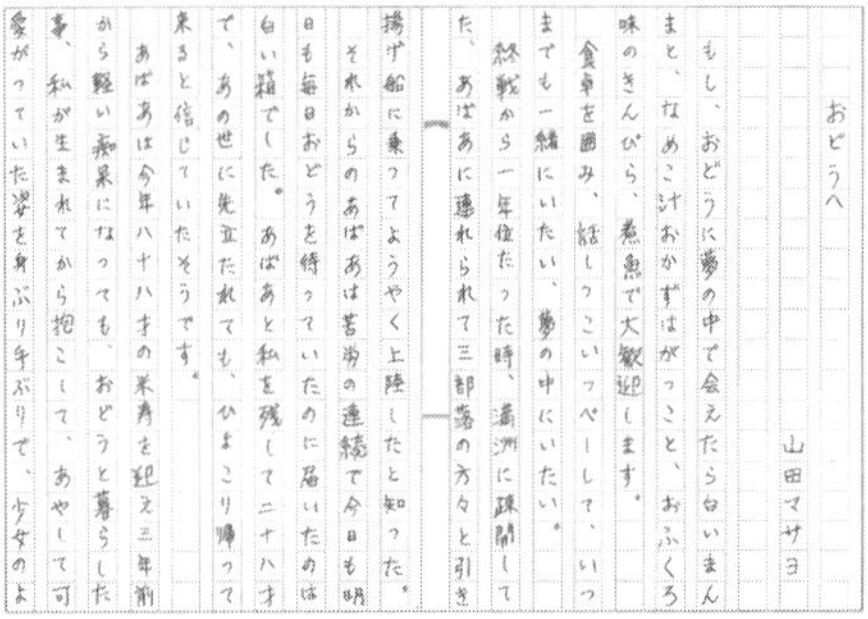
おどうへ

山田マサヨ

もし、おどうに夢の中で会えたら白いまんまと、なめこ汁おかずはがっこと、おふくろ味のきんぴら、煮魚で大歓迎します。

食卓を囲み、話しっこいっぺーして、いつまでも一緒にいたい、夢の中にいたい。

終戦から一年位たった時、満洲に疎開してた、あばあに連れられて三部落の方々と引き揚げ船に乗ってようやく上陸したと知った。

それからのあばあは苦労の連続で今日も明日も毎日おどうを待っていたのに届いたのは白い箱でした。あばあと私を残して二十八才で、あの世に先立たれても、ひょこり帰って来ると信じていたそうです。

あばあは今年八十八才の米寿を迎え三年前から軽い痴呆になっても、おどうと暮らした事、私が生まれてから抱こして、あやして可愛がっていた姿を身ぶり手ぶりで、少女のよ

その私は六十九歳になり、おどうの記憶はないけど、生きていたら、あんな感じかなあ、こんなかんじかなあと、町ゆく人生の大先輩におどうの姿を重ねて捜しています。

両親から授かった命を、これからも大切にして行くよ。男三兄弟の親となって初めて親の気持がわかる様になった気がするね。孫も四人いるよ。

遠く離れている、あばあに何もして上げられず、思いついた事は、下手な絵手紙を書き、私の気持よ届けと、赤いポストにぽん、後は頼みます。おかげで受取って何度も見返して喜んでいるとの知らせ有り、今後も続けて、おどうの分も長生きさせてもらえる様に励まして行くから安心してね。

五十年ぶりに従兄三人と会い、東京九段にある遊就館の展示室で遺影と対面してもらったよ。おどう、わかったかな、珍客でビックリしたべなあー、この日が来るとは思ってねえがったので、大変有り難く感謝の気持でいっぱいになったんだ。

そして今の言葉で、「イケメンだねー」と言われて、意味通じ

だがな、私は心の中で小さくニヤリ。
遺影は笑顔で頑張れよと、見守っているみたい。
ずーとずーと宜しくね、ありがとう。

海軍少尉

佃　賢治郎命

静岡県
昭和二十年三月十七日
硫黄島にて戦死
三十三歳

長男　佃　憲司郎

「父への思い」

　戦後、家族で横須賀を訪れた事がありました。電車の窓から大船観音が見えてきた時、母と叔母が同時に「観音様だ」と声を上げました。その声の響きには特別な思いが籠っていたと感じました。姉と違い、二歳まで過ごした横須賀の記憶は無く、戸籍謄本、写真、話でしか知らない私にとって父の存在は、多分に観念的であり、五年の歳月を共にし、三人の子供を儲けた母の思いとは天地程の違いがあるものと認識していたので、その感情は不思議でした。

　平成二十年、遺族会主催の硫黄島戦跡慰霊巡拝に参加しました。硫黄島戦没者の碑を前に追悼式が行われ、「ふるさと」の斉唱が始まった時、突然悲しみがこみ上げてきて、喉が詰り、声が嗚咽に変わったのです。

　これ程悲しさが込上げてくるのかと我ながら驚きました。追悼式後、硫黄島警備隊本部壕に献花、献水をしました。持参した供物のミカンは、持ち帰るように言われ、秘かに持参した母の遺灰

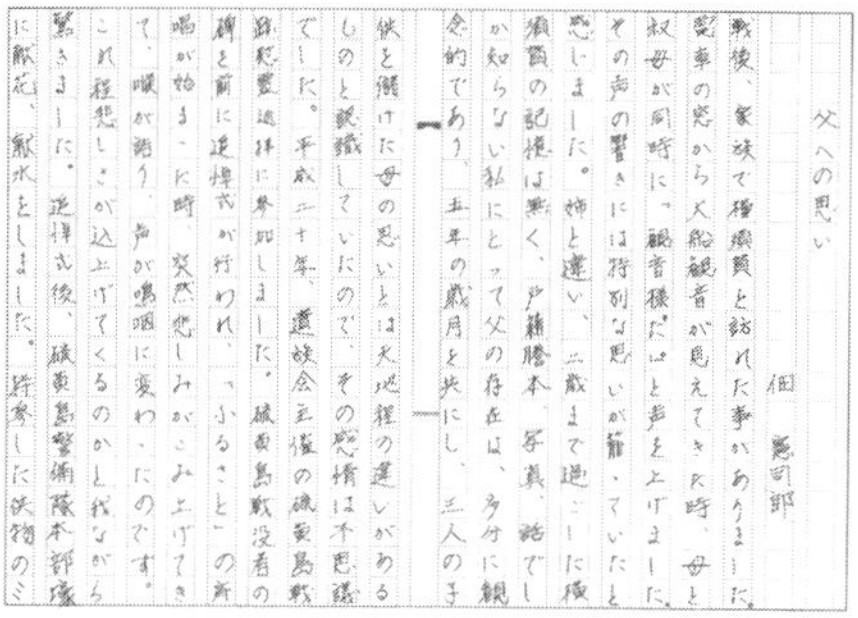
父への思い

佃 惠司郎

戦後、家族で横須賀を訪れた事がありました。電車の窓から大船観音が見えてきた時、母と叔母が同時に「観音様だ」と声を上げました。その声の響きには特別な思いが籠っていたと感じました。姉と違い、二歳まで過ごした横須賀の記憶は無く、戸籍謄本、写真、話でしか知らない私にとって父の存在は、多分に観念的であり、五年の歳月を共にし、三人の子供を儲けた母の思いとは天地程の違いがあるものと認識していたので、その感情は不思議でした。平成二十年、遺族会主催の硫黄島戦跡慰霊巡拝に参加しました。硫黄島戦没者の碑を前に追悼式が行われ、「ふるさと」の斉唱が始まった時、突然悲しみがこみ上げてきて、喉が詰まり、声が嗚咽に変わったのです。これ程悲しさが込み上げてくるのかと我ながら驚きました。追悼式後、硫黄島警備隊本部壕に献花、献水をしました。持参した供物のミ

も撤く機会がありませんでした。

摺鉢山（標高百六十九メートル）の頂上に立って見渡せば、島の全容は一望に収まり、海岸には白波が打ち寄せていました。この視野のどこか（島からの軍事郵便がみつからず、郵便略号による配置場所の特定が出来ませんでした。）で亡くなったのだと思うと、又胸が詰まりました。

航空自衛隊入間基地から千二百五十キロ。飛行時間二時間。島の滞在時間は、僅か五時間に過ぎませんでしたが、父の存在を強く感じました。又長年の念願が叶い、肩の荷を下ろした安堵感がありました。

昭和十九年横須賀海兵団で新入隊員の教班長を務めていた時、自ら志願して硫黄島へ行ったのは何故ですか。戦友は「行くな」と諌めたそうです。祖母が「行かなくてもいいのでは」と言った時「まごまごしていたら戦争が終ってしまう」と答えたそうですね。

第二次上海事変の際、猛攻を受けた上海海軍特別陸戦隊にあって、九死に一生を得たそうですが、その激烈な体験が動機ですか。

女の子が生まれたらミナミと名付けるように言われた事で、母の後を追うように亡くなったその妹の謄本を見た時は涙が出ました。出生届は二十年四月。一月前の三月十七日（昭和二十一年十二月二十日付戦死公報に依る）硫黄島で戦死した父の名前で出されていたのです。

了

陸軍伍長

福田則之命

熊本県
昭和十九年七月十八日
マリアナ諸島グアム島にて
戦死
二十一歳

「殉国の弟へ」

兄　福田重之

敬愛する則之君。今は靖國の御社《みやしろ》に鎮まる君に久しぶりにお便りを致します。

曾《かつ》てのすぎしあの日、私の乗る艦が母港へ帰投した時に訪艦してくれてから、早や七十四年がすぎました。

あれより君は念願の満鉄入社を果たし、渡満して職務に精励中の処、戦局の赴くままに現地で軍務に服し、やがてグアム島への進駐であったが、あの佐世保での訣別がまさか最後の別れにならうとはつゆ思わなかった。

数時間を語り合って駅頭で見送った時の君の笑顔が、今私の脳裏に思い浮かびます。

君が南方戦線へと旅立つ時、家人に、当時ソロモン諸島に展開していた私に、「或は海軍の兄に會えるかも知れない」との言葉を遺した由を聞いた。私等の所轄符号が「ウ二〇三カ二四」だけでは解ろう筈もなく、邂逅の奇蹟もないままに、君はグアム島の

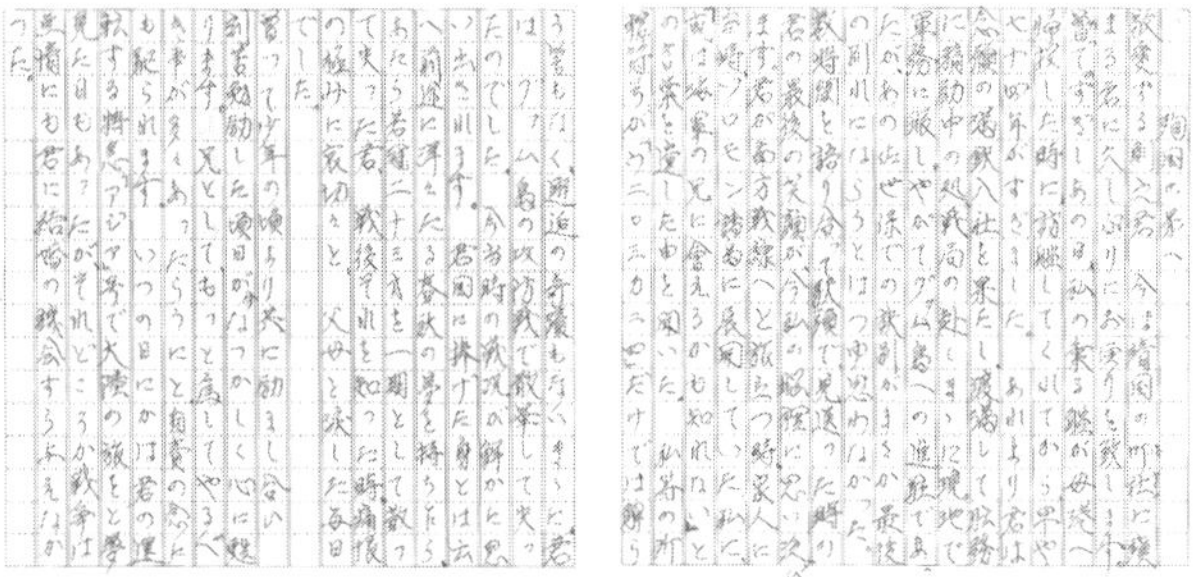

攻防戦で散華して失ったのでした。

今、当時の戦況が鮮やかに思い出されます。君国に捧げた身とは云え、前途に洋々たる春秋の夢を持ち乍ら、あたら若冠二十三歳を一期として散って失った君、戦後それを知った時、痛恨の極みに哀切々と、父母と涙した毎日でした。

曾て少年の頃より共に励まし合い、刻苦勉励した頃日が今なつかしく、心に蘇ります。兄として、もっと為してやるべき事が多々あったろうにと、自責の念にも駆られます。いつの日にかは、君の運転する特急「あじあ号」で大陸の旅をと夢見た日もあったが、それどころか戦争は無情にも君に結婚の機会すら与えなかった。

この程、故郷熊本の墓前で君の七十年追悼会を催し、冥福を祈り、涙も新たに生前を偲びました。碑には「白い雲見れば君の姿泛《うか》ぶなり、悠久の大義に生きて永久《とこしえ》に、誇らかに薫れよ、勇士《つわもの》の碑」と刻んでいます。せめてものこの兄の犒《ねぎら》いの詞を心してお享け下さい。

やがて今年も庭の蝉しぐれと共に、君が逝って七十年目の命日を迎えます。あの頃私もやはり南海の孤島で祖国の勝利を信じ、君の戦死も知らずジャングル戦に明け暮れていた事とて、感懐又一入の、暑い夏の到来です。

折にふれては遊就館に鎮まる君の遺影を訪ねて、在りし日の面影を重ねて往時を偲べば、心も安らぐ。上京を続けています。君の御魂はいつく迄も私の心の中に生き続ける事でしょう。どうか安らかにお鎮まり下さい。

合掌

平成二十六年六月

兄　重之拝

陸軍輜重兵伍長

濱村慶造命

石川県
昭和十四年五月十四日
中国山西省繁峙縣上細腰澗
車廠間にて戦死
三十八歳

「英霊になったおじいちゃんへ」

孫　坂井和代

六月の終わりだというのに、肌寒い日に初めて靖國神社を参拝しました。都会とは思えぬ程樹木が繁り、美しい緑の中を主人と歩きました。

おじいちゃんの眠るこの場所に以前から来たかったけど、飛行機でないとこれない東京は遠く、やっと念願がかないました。柔道の全国大会が講道館で開かれ、大学生の次男がメンバー入りしたので、応援にやってきました。

お参りする時、おじいちゃんについて何も知らない事に気づきあわてました。知っていたのは、お母さんがお腹にいる時に出兵して、次の年に上海で戦死した事。名前も戦死した日も知らずにいました。

「見た事もない父親に対して何の感情もない」と言っていたお母さんは、話す事もイヤがっていたので、あえて聞きませんでした。そんなお母さんも三年前に他界。亡くなる四年前に「一度でいい

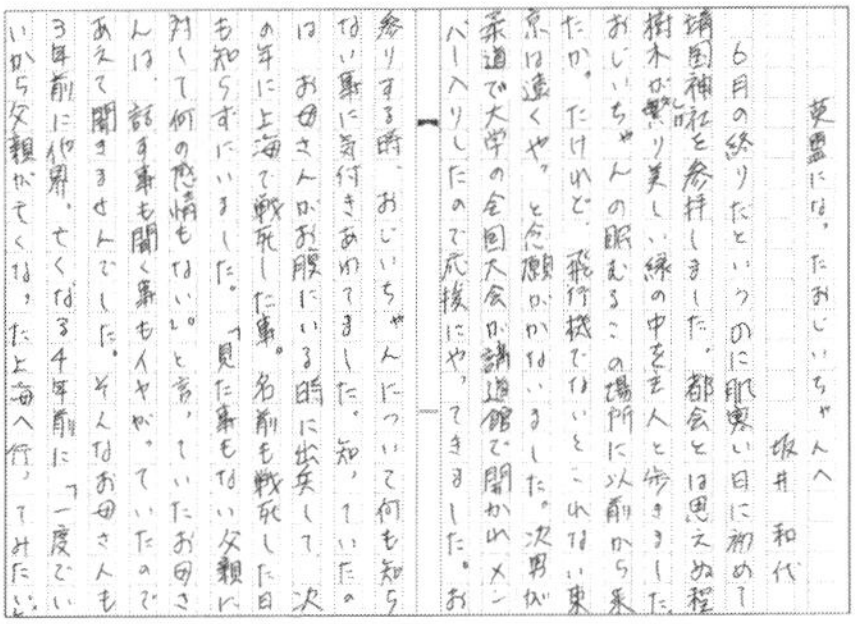
英霊になったおじいちゃんへ
坂井　和代
6月の終りたというのに肌寒い日に初めて靖国神社を参拝しました。都会とは思えぬ程樹木が繁り美しい緑の中を主人と歩きました。おじいちゃんの眠むるこの場所に以前から来たかったけれど、飛行機ではないとこれない東京は遠くや、と念願がかないました。次男が柔道で大学の全国大会が講道館で開かれメンバーへりしたので応援にやってきました。お参りする時、おじいちゃんについて何も知らない事に気付きあわてました。知っていたのは　お母さんがお腹にいる時に出兵して、次の年に上海で戦死した事。名前も戦死した日も知らずにいました。「見た事もない父親に対して何の感情もない。」と言っていたお母さんは、話す事も聞く事もイヤがっていたのであえて聞きませんでした。そんなお母さんも3年前に他界。亡くなる4年前に「一度でいいから父親が亡くなった上海へ行ってみたい

から父親が亡くなった上海へ行ってみたい」と七十歳の時一人旅をしてきました。おじいちゃんが残してくれた戦没者遺族年金を少しずつ貯めたので行ってきたと。ビルが立ち並ぶ大都会上海で、大きなカサブランカのユリの花と線香を、戦死した場所の近くの公園に置いてきたとお母さんは言っていました。「親孝行できたね」と私に「これでスッキリした」と。

戦死してからもらうこのお金は、お母さんの時には学費に、時には生活費に、そして心の支えになっていったそうです。少しずつ貯めたお金で、いつか父親に会いたい、戦死した場所に行ってみたい、という想い出の一人旅。おじいちゃん、あなたはお母さんに愛されていました。遺品の整理をしていた時、みつけたおじいちゃんの写真。軍服を着て前を向く写真を死ぬまで大切にしていたようです。

東京から帰って空家《あきや》になった実家へ行ってきました。どうしても、おじいちゃんの名前と命日を知りたくなったのですが、おじいちゃんについて知っている人は皆、他界。祈るような気持ちで

さがしました。仏壇の引出しから古い書類が出てきました。

浜村慶造　昭和十四年八月二十八日（没）

初めて知るおじいちゃんの名前を見て胸が一杯になりました。

お母さんの名前は慶美《よしみ》。ただ一人の子供のお母さんに自分の名前の一文字を残したのですね。赤ちゃんだったお母さんの写真を戦地に送ったと聞きました。きっと最後まで我が子の幸せを願って写真を胸にしていたと思います。

お母さんは幸せな人生を全うしましたよ。

安らかにお眠り下さい。

陸軍上等兵
大屋好生命

三重県
昭和十九年十二月三十日
フィリピン方面にて戦死
三十歳

長女　水谷法子

「お父さまの星」

今年も七月の「みたままつり」に遺族会の皆様とご一緒に元気で靖國神社さまに御参拝することが出来ました事、幸いに存じます。御本殿へと進むにつれ、お父さまのお傍へと近づき、今年も逢いに来ましたよ。

拝殿の奥より小さな声で有難うと微笑で、いつしか一筋の涙が頬に伝っていました。

戦後七十年を振り返りますと、お父さまが戦地へと立って行かれた日は、日の丸の旗を振って駅までお見送り。母親や妻に「何時迄もお達者で」と二人の手を握り、「生れて来る子供を頼む」と云って任務に向われました。お父さんの後を追うように、二人の弟さん達も「お母さん、僕達には笑顔で見送って下さい」と云って戦地へと向われました。

両親は、さぞ辛かったでしょう。残された家族を守りながら空襲の中を生まれたばかりの私を乳母車に乗せて、防空壕へと逃げ

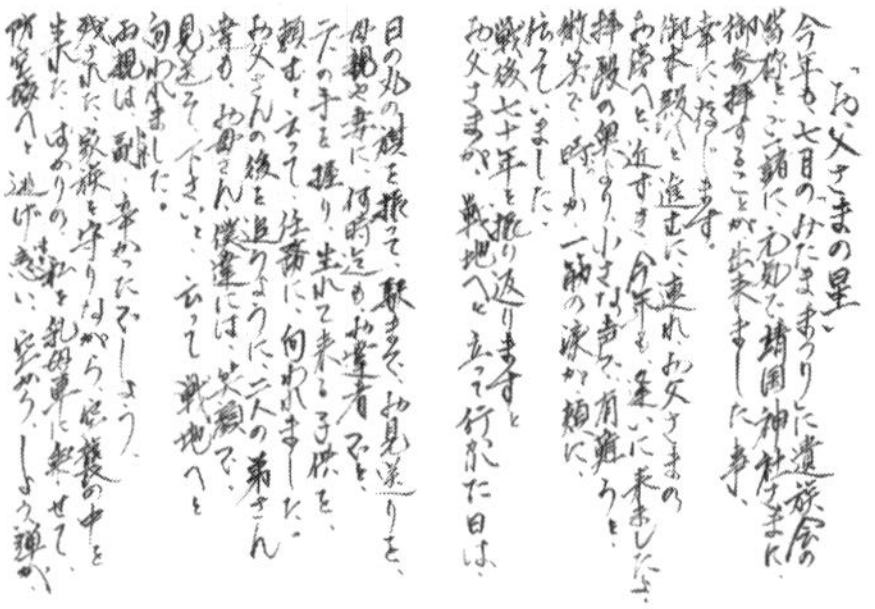
「お父さまの星」
今年も、七月のみたままつりに遺族会の
皆様と、ご一緒に、元気で靖国神社さまに
御参拝することが出来ました事、
幸に、存じます。
御本殿へと進むに連れ、お父さまの
お傍へと、近すぎ、今年も、逢いに来ましたよ。
拝殿の奥より、小さな声で、有難うと、
微笑で、何時しか、一筋の涙が頬に、
伝えていました。
戦後七十年を振り返りますと
お父さまが、戦地へと、立って行かれた日は、
日の丸の旗を振って、駅まで、お見送りを、
母親も弟に、何時迄も、お達者でと、
亡の手を握り、生れて来る子供を、
頼むと云って、任務に、向われました。
お父さんの後を追うように、二人の弟さん
達も、お母さん、僕達には、笑顔で、
見送って下さいと、云って戦地へと
向われました。
両親は、辛かったでしょう。
残された家族を守りながら、最中を
来れた、すめりの、私を乳母車に乗せて、
防空壕へと逃げ惑い、空から、しょう弾が、

惑い、空から近くのため池にしょうい弾が落ちました。お父さんが家族を守るために竹やぶの中に掘ってあった防空壕。その中へやっとたどり着き、助かりました。防空壕の中にお父さんが書き残した一冊の日誌と写真が唯一の励みと今でも大切に偲んでいます。日誌を手にしては、一度もお父さんと呼べず、我が子を抱くこともなく、歳月が過ぎました。

昭和十九年十二月三十日に父の戦死の公報が届き、悲しみに暮れていました。弟さん二人とも次々と戦死の公報が入りました。その時、叔父さんは、近衛兵さんに仕えてみえましたが、度重なり叔父さんも亡くなり、男手を全部失い、一年に四つもの葬式でした。戦争で若い尊い命が沢山、戦場へと立派に散って征かれました。

私の母も、お父さんの戦死を知ってから、悲しみに、まだ若かった母は、私をお婆さんに預けて実家に帰り、後《のち》に再婚されました。

お婆さんは「たった一人の孫」私を大事に育てて下さったが、子供心に両親や兄妹の無い淋しさから、お婆さんに酷く云っては

困らせました。お婆さんは、いっそこの子と二人で死んだら、どれだけ楽かと嘆きました。ある日の夜、お婆さんと二人で食事中に、家の隙間から明るい光、美しいお星さまをじっと眺めつつ、「きっとお父さん達が、お星さまになって見守って下さるのや。二人で『生きよう』必ずいいことがある」と私を慰めてくれました。その時、二人で泣き、初めてお婆さんの涙を見ました。

今度は私がお婆さんを守らなければと思いました。私が二十一歳で結婚し、二人の子供にも恵まれ、お婆さんは「ひ孫」を見て九十二歳で安らかにこの世を去りました。

きっと夫や息子さんの傍で安らかに眠っていることでしょう。

合掌

平成二十六年七月十四日

陸軍輜重兵上等兵
藤井松吉命

岩手県
昭和十三年八月三日
中国山西省烟約塞にて戦死
三十三歳

長女　藤井貞子

父さん、生まれて初めてのお便りを書かせていただきます。

七十七年前（昭和十二年）父さんの出征の日、父さんに手を引かれて、軽便の停車場まで歩き、列車の最後尾のデッキで手を振って行った父さんの姿を今も覚えております。この間、妹が「誰かに抱っこされてプラットホームのような所に行ったけど、それが誰か分らないが、今でもその記憶がある」と言ってたので、やっぱり妹の心にも七十八歳の今だに忘れられない想いがあるのだと涙が出ました。「それが父さんだったんだよね」と二人で言いました。

そして翌年、父さんのお骨が届き、天皇皇后両陛下のご下賜のお菓子が棚に大きく並んでいる前で、幼稚園でのお遊戯を踊ったあと寝てしまいました。その時、父さんがわたしとお土産の約束をした赤い花模様の手毬を渡してくれたので大喜びした夢をみました。夢の中ででも約束を守ってくれて、やっぱり父さんだと嬉しかったことをどうしても忘れられない思いです。

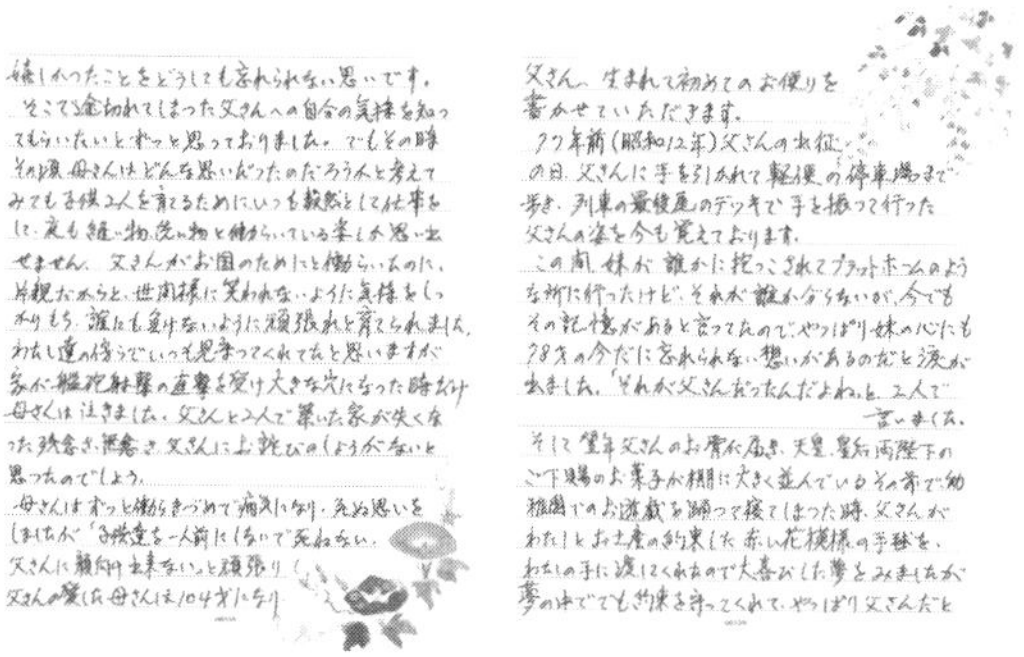
父さん、生まれて初めてのお便りを書かせていただきます。

77年前（昭和12年）父さんの出征の日、父さんに手を引かれて軽便の停車場まで歩き、列車の最後尾のデッキで手を振って行った父さんの姿を今も覚えております。

この間、妹が誰かに抱っこされてプラットホームのような所に行ったけど、それが誰か分らないが、今でもその記憶があると言ってたので、やっぱり妹の心にも78才の今だに忘れられない想いがあるのだと涙が出ました。「それが父さんだったんだよね」と二人で言いました。

そして翌年父さんのお骨が届き、天皇・皇后両陛下のご下賜のお菓子が棚に大きく並んでいるその前で、幼稚園でのお遊戯を踊って疲てしまった時、父さんがわたしとお土産の約束した赤い花模様の手鞠を、わたしの手に渡してくれたので大喜びした夢をみましたが、夢の中ででも約束を守ってくれて、やっぱり父さんだと
嬉しかったことをどうしても忘れられない思いです。

そこで途切れてしまった父さんへの自分の気持を知ってもらいたいとずっと思っておりました。でもその時その頃、母さんはどんな思いだったのだろうかと考えてみても子供2人を育てるためにいつも毅然として仕事をして、夜も縫い物、洗い物と働いている姿しか思い出せません。父さんがお国のためにと働らいたのに、片親だからと、世間様に笑われないように気持をしっかりもち、誰にも負けないように頑張れと育てられました。わたし達の傍らでいつも見守ってくれてたと思いますが家が艦砲射撃の直撃を受け大きな穴になった時だけ母さんは泣きました。父さんと2人で築いた家が失くなった残念さ、無念さ、父さんにお詫びのしようがないと思ったのでしょう。

母さんはずっと働らきづめで病気になり、死ぬ思いをしましたが「子供達を一人前にしないで死ねない。父さんに顔向け出来ない」と頑張り父さんの愛した母さんは104才になり

そこで途切れてしまった父さんへの自分の気持ちを知ってもらいたいと、ずっと思っておりました。でもその時、その頃、母さんはどんな思いだったのだろうかと考えてみても、子供二人を育てるために、いつも毅然として仕事をして、夜も縫い物、洗い物と働いている姿しか思い出せません。父さんがお国のためにと働いたのに、片親だからと世間様に笑われないように気持ちをしっかりもち、誰にも負けないように頑張れと育てられました。わたし達の傍らで、いつも見守ってくれていたと思いますが、家が艦砲射撃の直撃を受け、大きな穴になった時だけ、母さんは泣きました。父さんと二人で築いた家が失くなった残念さ、無念さ。父さんにお詫びのしようがないと思ったのでしょう。

母さんは、ずっと働きづめで病気になり、死ぬ思いをしましたが、「子供達を一人前にしないで死ねない。父さんに顔向け出来ない」と頑張り、父さんの愛した母さんは百四歳になりました。東日本大震災前は元気で歩けたし、話も出来たのに今は自分の名前も思い出せないようになり、それでいて父さんの名前だけはは

っきり覚えているんです。「わたしは、こんなおばあさんになったので、父さんに会ったら分かってもらえるかしら」といつも心配しておりました。若かった父さんしか知らないので、それが一番の心配なのです。

今迄よく働いて子供達を一人前に育ててくれたと、母さんと会う日がきたら褒めてあげてください。父さんと暮らした八年と十カ月を忘れないで、ずーっと父さんだけを思い、七十七年過ごしてきた母さんを抱きしめて下さい。それだけ、絶対お願いします。

父さんと母さんの子供で本当に良かったと八十二歳になり、父さんより年寄りになった今でも子供の気持でありがたく思っております。母さんの気持ち、妹の気持ちを改めて聞いたことはありませんが、ふたり共わたしの思いと同じはずです。

どうぞ、父さん、母さんをまだく見守って、父さんの分も長生きさせて下さい。きれいで、立派なおばあさんです。

会う日が来たらよろしくお願い申し上げます。

父さんの娘　貞子

陸軍兵長
藤田　馨命

京都府
昭和十七年五月十三日
フィリピン第七十五兵站
病院にて戦病死
二十六歳

妻　藤田ことゑ

恋しい優しいあなた、二人で暮したのはただ一年でしたね。山へ薪を取りに二人で行った事、魚釣りに雨が降って傘を持って行った事等、ほんとうに楽しい一時でした。短い人生思い出しては涙しています。

二十歳の若さで未亡人になろうとは思いもよらぬ事。昭和十七年二月召集令状が来て出征されました。私のお腹には六カ月の赤ちゃんを宿し、あなたの無事帰還を念じつゝお見送り致しました。姑さんもあなたが出征されてより体が悪く、十七年六月亡くなられました。あなたは体の休む暇なく、フィリピン、バターンに行かれ、炎熱の中、行軍く、熱病に侵され十七年五月十三日、バターン半島サンヘルナンド病院にて戦病死されたとか。私は普通の体でないので何も聞かされず、六月十日、難産にて出産しました。

八月、遺骨が帰る日に聞かされ驚きましたが、横に寝ている子供に励まされ心をとり戻すことが出来ました。何でも子供を立派

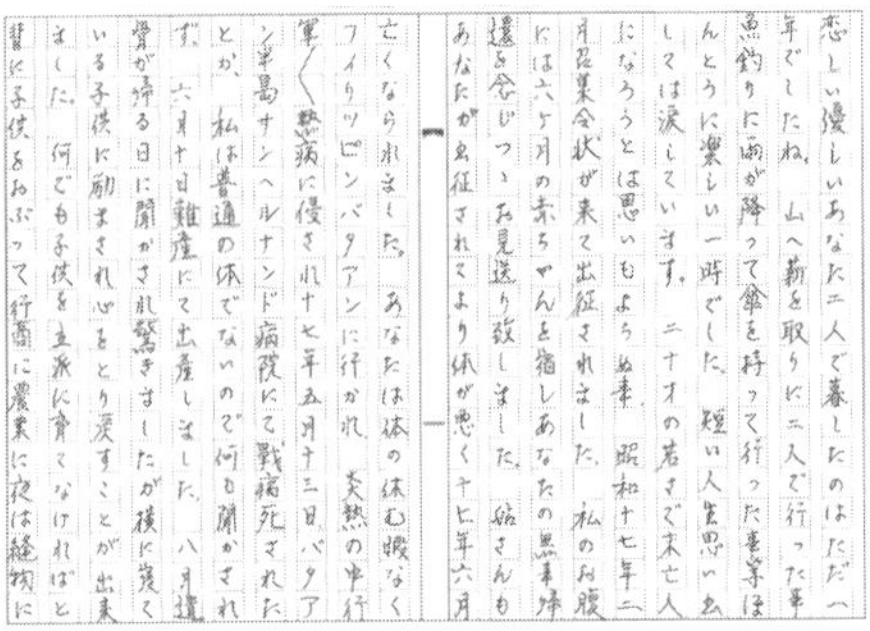

恋しい優しいあなた二人で暮したのはただ一
年でしたね。山へ薪を取りに二人で行った事
魚釣りに雨が降って傘を持って行った事等ほ
んとうに楽しい一時でした。短い人生思い出
しては涙しています。二十才の若さで未亡人
になろうとは思いもよらぬ事。昭和十七年二
月召集令状が来て出征されました。私のお腹
には六ヶ月の赤ちゃんを宿しあなたの無事帰
還を念じつゝお見送り致しました。姑さんも
あなたが出征されてより体が悪く十七年六月
亡くなられました。あなたは体の休む暇なく
フイリッピンバタアンに行かれ、炎熱の中行
軍々々熱病に侵され十七年五月十三日バタア
ン半島サンヘルナンド病院にて戦病死された
とか、私は普通の体でないので何も聞かされ
ず。六月十日難産にて出産しました。八月遺
骨が帰る日に聞かされ驚きましたが横に寝て
いる子供に励まされ心をとり戻すことが出来
ました。何でも子供を立派に育てなければと
背に子供をおぶって行商に農業に夜は縫物に

に育てなければと、背に子供をおぶって行商に農業に、夜は縫物に一生懸命働きました。

終戦となり世の中が乱れ、父は後妻をもらい三年間の間に家の財産を全部無くし、父も怒って離縁し、その時の借財がざっと二十数万円、又も降ってきた難儀でも何とか働いて子供だけはしっかり育てねばと一生懸命働きました。

時経ちて子供も成長し、郵便局の職員としてお世話になり、私も農協にお世話になり、何とか暮してゆける様になり、家も建て、息子輝雄も結婚し三人の子供が出来、孫三人はそれぞれ結婚し、ひ孫八人となり、それぞれ楽しく暮せる様になりました。

私も九十二歳のおばあさんになりました。他人様の夫婦を見るにつけ、陰にいき何度泣いたか分かりません。

何時もあなたの面影を抱き、励まされて参りました。あなたは若くてそのままでしょうが、私がお側に行ったら大きな胸にしっかり抱えこみ「よく頑張ったね」と褒めて下さい。あなたの温かい体が、私の全身に伝わって来る様です。寂しい時も悲しい時も見守って下さいね。

あなたを心に描きつつ頑張ります。

身籠りて我月満たず征きませし　夫に見せたき玉の我が子を

出で征きし夫の面影生き写す　子に永遠の平和祈れり

彼の世にて我を待つ夫想いつつ　今日も暮れゆく健やかであれ

秋深く消ゆる事なき我が胸に　棲む夫語る谷のせせらぎ

陸軍衛生上等兵

増田幸作命

奈良県
昭和十七年九月二十七日
ソロモン群島ガダルカナル島にて戦死
三十五歳

長女　板谷泰子

おとうさん

私は生まれて初めて、今、「おとうさん」と呼びます。

私は昭和十六年四月三十日生、七十三歳です。

父は私が生まれてまもなく（何時からか知りません）出征したそうです。

そして、昭和十七年九月十七日にガダルカナル島で戦死しています。

私が一歳五カ月で別れています。実際には生まれてまもなくです。だから、お父さんと呼ぶ人は物心ついた時にはいなかったのです。私には五歳上の兄が居ましたから、母と兄と私と三人で戦中戦後の苦しい時を、母は、私に、何の不自由を感じる事なく育ててくれましたよ。お父さん！

私（泰子）は二十五歳で結婚して子供三人に恵まれました。そして、その子供三人も結婚して孫が四人います。二年前の五月に娘と孫を連れて靖國神社に報告に行きました。祭殿の前で「侑依

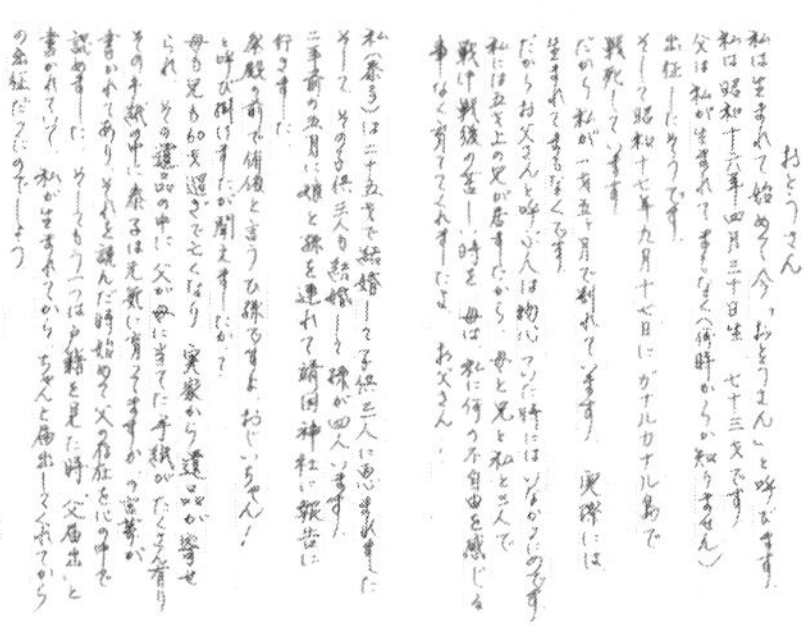
おとうさん
私は生まれて始めて今「おとうさん」と呼びます。
私は昭和十六年四月三十日生 七十三才です。
父は私が生まれてまもなく（何時からか知りません）
出征したそうです。
そして昭和十七年九月十七日にガナルカナル島で
戦死しています
だから私が一才五ヶ月で別れています。実際には
生まれてまもなくです
だからお父さんと呼ぶ人は物心ついた時にはいなかったのです
私には五才上の兄が居ますから、母と兄と私と三人で
戦中戦後の苦しい時を 母は 私に何の不自由を感じる
事なく育ててくれました お父さん
私（泰子）は二十五才で結婚して子供三人に恵まれました
そして その子供三人も結婚して孫が四人います。
二年前の五月に娘と孫を連れて靖国神社に報告に
行きました
拝殿の前で侑優と言うひ孫ですよ。おじいちゃん！
と呼び掛けましたが聞えましたか？
母も兄も六十才過ぎで亡くなり 実家から遺品が寄せ
られ その遺品の中に父が母に宛てた手紙がたくさん有り
その手紙の中に泰子は元気に育ってますか の言葉が
書かれてあり それを読んだ時始めて父の存在を心の中で
認めました。 そしてもう一つは戸籍を見た時 父届出 と
書かれていて 私が生まれてから ちゃんと届出してくれてから
の出征だったのでしょう

と言うひ孫ですよ。おじいちゃん！」と呼びかけましたが、聞こえましたか？

母も兄も六十歳過ぎで亡くなり、実家から遺品が寄せられ、父が母に宛てた手紙がたくさん有り、その中に「泰子は元気に育ってますか」の言葉が書かれてあり、それを読んだ時、初めて父の存在を心の中で認めました。

そして、もう一つは戸籍を見た時、「父届出」と書かれていて、私が生まれてから、ちゃんと届出してくれてからの出征だったのでしょう。

だから一度は抱いてもらっているのでしょうね。嬉しかったですよ。

母は私が三十七歳の時に亡くなりましたから、父の事いろいろ聞く事が出来ず、又、聞こうとも、知ろうとも思わずにいて、今になり残念ですし、親不孝者です。

今、この年になって、心の中で　おとうさん！　おとうさん！と何度も呼びましょう。

私の国と私を守ってくれて、ありがとう
お父さん！　やすらかに…

もう一つ報告があります。お父さんが身に付けていた袴、長女がお父さんと同じひのえ午《うま》年生まれ、そして、その夫（フランス人）も又、同じひのえ午年生まれで六十年ぶりの孫と婿。不思議な縁ですね。お父さんが呼び寄せたのですか？

そう〱、その袴を仕立て直してお正月に帰って来た時に身に付けています。そして、羽織も仕立て直しましたよ。着物と袴が大好きなんですって！

天国で赤ちゃんの時亡くなった兄と長兄と母と会って幸せですか。

私はもう少しこちらに居させてね。

いずれ又会いましょう。

お父さん…

泰子

陸軍伍長

齋藤　萬命《よろず》

宮城県
昭和十七年十一月十八日
ブーゲンビル島にて戦死
三十歳

「妻達の戦後」

妻　齋藤文枝

大東亜戦争は、私の人生を百八十度変えてしまいました。歳月とは過ぎ去ってみれば誠にあっけないもの、夫は戦いが熾烈さを増してきた昭和十六年、戦火の中に駆り出されて遥か南の島、ブーゲンビル沖の船上で爆撃を受け腹部裂傷が原因で、南の島の土になってしまいました。公報がおくれて届き、昭和十七年十一月十八日の戦死でした。

私達にとって忘れることのできない八月十五日を迎えますが、七十年になろうとも、妻達に戦後はなく、生きている限り戦争を背負い続けるのです。

昭和二十年八月十五日、当時角田町に駐屯していた伝部隊の幹部さんと兵隊さん、小学校と青年学校の職員が校庭に整列して「萬世ノタメニ太平ヲ開カン」との、あの聞き取り難い昭和天皇の詔勅によって戦争は終結いたしました。敗戦の現実は占領軍の管理下に置かれ、占領軍は、英霊の顕彰を禁じたのみか、幾多の戦い

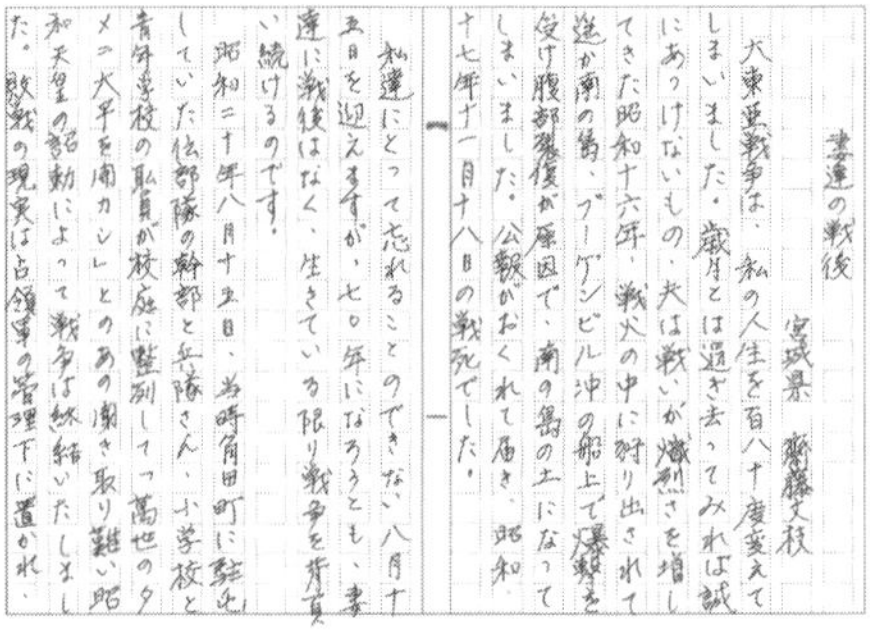
妻達の戦後
宮城県　齋藤文枝
大東亜戦争は、私の人生を百八十度変えてしまいました。歳月とは過ぎ去ってみれば誠にあっけないもの。夫は戦いが熾烈さを増してきた昭和十六年、戦火の中に駆り出されて遥か南の島、ブーゲンビル沖の船上で爆撃を受け腹部裂傷が原因で、南の島の土になってしまいました。公報がおくれて届き、昭和十七年十一月十八日の戦死でした。

私達にとって忘れることのできない八月十五日を迎えますが、七〇年になろうとも、妻達に戦後はなく、生きている限り戦争を背負い続けるのです。
昭和二十年八月十五日、当時角田町に駐屯していた仏部隊の幹部と兵隊さん、小学校と青年学校の職員が校庭に整列して「萬世のタメニ太平ヲ開カンㇾ」とのあの聞き取り難い昭和天皇の詔勅によって戦争は終結いたしました。敗戦の現実は占領軍の管理下に置かれ、

は侵略であり犯罪行為であると貶《おとし》めました。このような価値観の激変で、昨日までは誉の家と尊敬されてきた戦没者の遺族は、戦後の混乱の中で物心両面の肩身の狭い思いで生きることを余儀なくされました。

あれから七十余年の歳月が流れ去りました。過ぎし大戦に於いて戦場に散り、又、戦後異郷の地にて亡くなられた尊い生命は、永久に還らず、今は戦没された皆様を思う時、哀惜の念一入のものがあります。

思えば、私達戦没者遺族の歩んだ道は長く苦しい毎日でした。しかし、私達は互いに助け合い励まし合いながら懸命に生き抜いてまいりました。そのことが国を案じ、家族そして国民の幸せを心にかけながら、尊い生命を捧げられた皆様にお答えする唯一の道と信じたからであります。皆様が最後まで案じられた我が国は、焦土の中から国民が一体となって起き上がり、幾多の困難を乗り越えて今日の平和と繁栄を築きあげました。皆様の尊い人柱の上にあることを日本国民は決して忘れてはいけません。

今静かに皆様の面影を偲びながら、覚悟を新たにして、厳しい内外の試練に耐えて皆様が何より願われた平和と自由を守り通し、再び私達のような悲しみと苦しみと憤りに泣く女性を地上に残す愚かな戦争をせず、国難に殉じた皆様の肉親であることを誇りに思い、残り少ない余生を平和へのかけはしの存在で生きるよう、心からお誓いいたします。

平成二十六年　盛夏

陸軍兵長

荒木茂郎命

福岡県
昭和二十年六月二十日
沖縄にて戦死
三十五歳

長女　髙口美伸

「満洲の月」

お父さん、やっと梅雨が明けました。大好きだったお父さんの紫露草も段々と花数が少なくなりました。梅雨にぬれそぼる紫の花はとてもきれいでしたよ。私も沢山株を増やしました。

小国民二年生になったばかりの私、突然にお父さん、母と曽祖母、そして私達弟妹四人を残し、北満のハイラルに入隊する事になり、赤レンガの倉庫の角を曲って、お父さんは見えなくなってしまいました。家族みんなとこれが最後の別れになるなんて。

その前夜、真暗な部屋に月明りだけが煌々と差し込んでいました。みんな寝静まっていて、私は仲々寝つけず窓から月を見ていました。明日から大好きなお父さんが居なくなる、その寂しさで小さな胸が破裂しそうでした。後ろからそっと肩をやさしく抱いて「眠れないんだね」とお父さんも眠れず声をかけてくれましたね。

「みーちゃん、お父さんの事思い出した時は必ずお月様を見てよ。お父さんもどこに居てもお月様をみてるよ。世界中どこに居ても

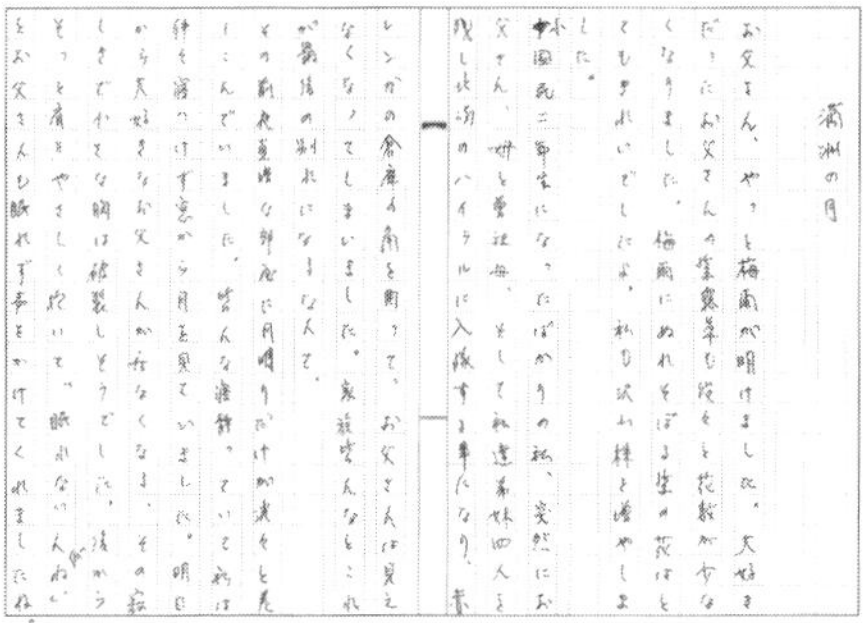

満洲の月

お父さん、やっと梅雨が明けましたね。大好きだったお父さんの紫陽花も段々と花数が少なくなりました。梅雨にぬれそぼる紫の花はとてもきれいでしたよ。私も沢山株を増やしました。

小国民二年生になったばかりの私、突然にお父さん、姉と曾祖母、そして私達兄妹四人を残し北満のハイラルに入隊する事になり、青

レンガの倉庫の扉を開けて、お父さんは見えなくなってしまいました。家族皆んなとこれが最後の別れになるなんて。

その前夜蒸暑な部屋に月明りだけが煌々と差しこんでいました。皆んな寝静まっていても私は眠れず窓から月を見ていました。明日から大好きなお父さんが居なくなる。その寂しさで小さな胸は破裂しそうでした。後からそっと肩をやさしく抱いて"眠れないんだね"とお父さんも眠れず声をかけてくれましたね。

お月様のお顔は同じだからね。みーちゃんが今お月様を見ていると思うと嬉しくて、勇気モリモリでて元気一杯になるよ」「でもお月様がその時、反対向いたらどうしよう」「大丈夫、お月様は絶対に反対向かないから」

そうですね、お月様は絶対に反対向きませんでした。それから、この歳までお月様はお父さんでした。今はお月様を見下ろすもっと高い所へいってしまいましたね。十年前にお父さんの所へ旅立ったお母さんと会って、引揚げて帰り、血みどろで四人の子供達を育ててくれた話、積もる話で時間が足りなかったでしょうね。

月は今も輝いています。素晴らしいことを教えてくれたお父さん、お月様は決して消える事も、失くなる事もありませんね。

私もお父さんの倍は生きてしまいました。しかし、胸の中にあなたの脈動は息づいています。

こんな嬉しいお便りが書けるなんて本当に幸せです。

ありがとうございました。

海軍兵曹長

細川泉次命

高知県
昭和十七年五月二十五日
南洋諸島方面にて戦死
二十八歳

「遺書通り生きてバンザイ！」

妻　細川　藤

たった一人の人、最愛の貴方とお別れして七十三年。私にとっては本当に長い年月でした。当時の私は二十一歳、余りにも若い人妻でした。健康が自慢の私でしたが五年前脳梗塞にかゝり、退院後三年余り、今は娘夫婦の家でお世話になっております。

届けてもらった遺族会報により「英霊に贈る手紙」募集のニュースを知り、戦死後を心配して下さった貴方に是非知って頂きたかった現在の幸せを、この手紙に書きたくてペンを取っています。

悲しみから起ち上がった私達でしたが、強く正しく、そして美しく遺書通り生きてきました。そして、娘共々とても幸せに暮していますので、どうかご安心下さい。

貴方とお別れした当時は生後四カ月の娘でしたが、とても健康で利発な良い子で、何の心配もなく若竹のようにスクスクと成長してくれました。但し、私達親子は貴方の実家の家を出て、私の実家で母子家庭として細々と暮しました。お許し下さい。理由は

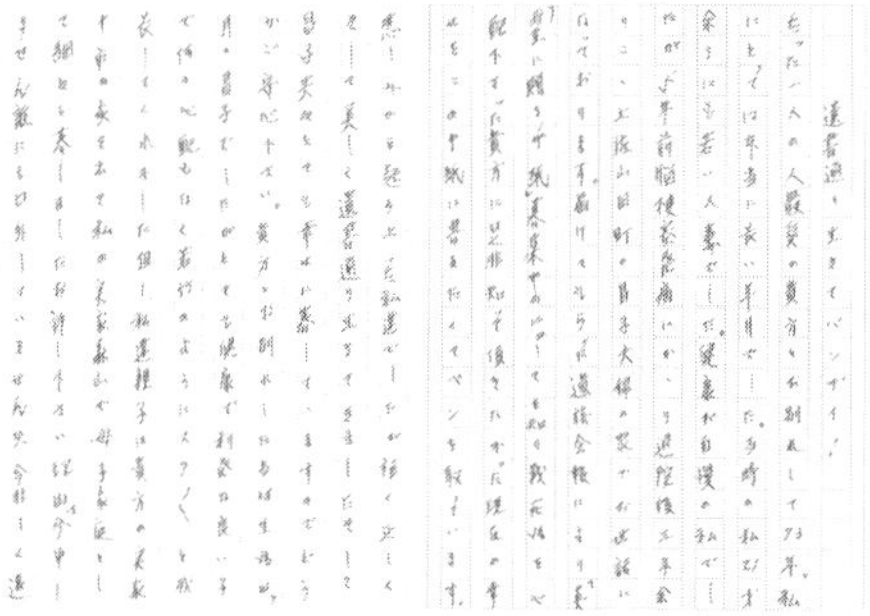

今申しません。只、今、悲しく遠かった自分史を書いていますが、それには全部書いております。決して私に「非」有っての事ではありませんのでご安心下さい。

六・三制の義務教育を終えた娘は大学を卒業後、中学校の教諭として就職、やっと社会に出した時には嬉しくて涙が止まりませんでした。そして、赴任地では良縁を得て結婚。公務員で前途有為な青年に実家の父も大賛成。娘は本当に幸せな結婚をして一男二女の母となっても働きました。そして、どこに出してもはずかしくない女性に成長しています。どうかご安心下さい。

三人の孫達も立派に成長しました。長男は公務員の要職に、二児の良き父として。長女は大学中に留学、帰国後は公務員として同職の夫と共に働きつゝ三児の母として。二女も共働きしながら三児の母として、それぞれ元気で頑張っています。

私も強く生きる為、団体職員として随分働きました。「貞女二夫にまみえず」の古い生き方に誇りこそあれ一点の悔いもなく生きてきました。ご安心ください。そして、病気もしたけれど心まで病気にならなかったのが不幸中の幸せでした。
『悲しくも遠かりし　我が道を走りつづけて』
　この自分史が完結しましたら、ご仏前に一番先にお供えします。
貴方は何時の日も私の胸に居てくれました。ありがとうございました。

陸軍伍長

高橋鹿之助命

福岡県
昭和二十年八月二十九日
ビルマ・ドンゼンにて戦傷死
三十一歳

「暑い夏に思いを込めて父さんへ」

長女　波戸悠美子

お父さん、今年八月十三日はお母さんが亡くなって五十回忌にあたります。私の記憶の中には数えられる程しか残っていないお父さん、それでもお話したい事は余りにも沢山で、あふれる思いをどうしたためて贈ろうかとまとまりがつきません。

父さんの自慢だったという、色白の妹も五年前に亡くなり、私の今は、正に老夫婦二人っきりの暮しです。幸い、子供達は両親揃っての中に成長しました。これは何より私にとって最高の幸せです。

夫の転勤に伴いここ埼玉に移り住み、お陰様で靖國神社を身近に感じるなか、時に訪れ父さんの写真に語りかけています。そして、ここで眠る父を誇らしくさえ思っている私です。

わずかな記憶の一ページ、戦地から稀に短時間帰宅されていた日もあったような。でもその膝に甘えられることもなく、夜明けにはいなくなっていたお父さん。又、港に立ち寄った船まで、母

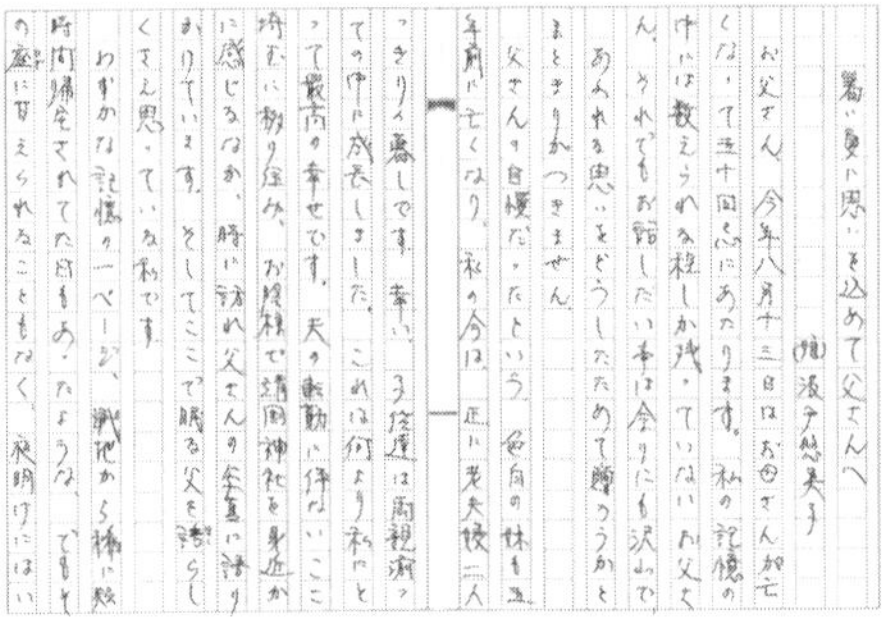

暑い夏に思いを込めて父さんへ

[illegible]

お父さん、今年八月十三日はお母さん加亡くなって五十回忌にあたります。私の記憶の中には数えられる程しか残っていないお父さん。それでもお話したい事は余りにも沢山で、あふれる思いをどうしたためて贈ろうかとまとまりがつきません。

父さんの自慢だったという、色白の妹も五年前に亡くなり、私の今は、正に老夫婦二人っきりの暮しです。幸い、子供達は両親の手の中に成長しました。これは何よりも私にとって最高の幸せです。夫の転勤に伴いここ埼玉に移り住み、お陰様で靖国神社を身近に感じるなか、時に訪れ父さんの余生に語りかけています。そしてここで眠る父を誇らしく思っている私です。

わずかな記憶の一ページ、戦地から稀に数時間帰宅されてた時もあったような、でもその膝に甘えられることもなく、夜明けにはい

に手をひかれ会いに行きましたね。いきなり抱き上げられ、からだが宙に浮いたようだった感覚を思い出します。

母とおさまる写真をみるにつけ、背の高い父だったんだと思いを馳せています。

今も鮮明に、一幅の絵画のように心に残る夏の朝のことです。玄関先に現れた戦死の公報を持ってこられた伯父様を、私は、「とうちゃんが帰って来たあ！」と母に告げたのです。きっと父によく似ていた伯父様、又、あまりにも父に甘えて過す時も持てなかった幼子の、感極まる叫びだったのでしょう。が、母には一瞬でも期待を抱かせたのではと、胸の痛みは残っています。

頑張っていた母、夜半までひびいていたミシンの音、遠くまですしづめの列車で食料買い出しに行っていた母、幼なかったけど妹と二人、しっかりお留守番もしましたよ。

実はね、長男があなた様の血をしっかり受けついで、縮毛で背の高いイケメンです。又、二歳頃まで縮毛だった孫の一人は、あなた様と誕生日が一日違い、つながる深い縁を感じています。

私も七十四歳、おそばに行ける日も遠い日ではないでしょう。
お会い出来ますか？　今度こそ、たかあく抱き上げられ思いっきり甘えさせて下さい。
可笑しいですか？　この年で。
でもやっぱり父の匂いをしっかりと味わってみたいのです。

陸軍歩兵曹長

栁原淳之助命

秋田県
昭和十四年五月十三日
中国山西省北安塔にて戦死
三十二歳

長女　佐藤緋呂子

保育園の孫のMちゃんのお迎えに、息子と初めて同行しました。横浜と調布ではあんまりちょくちょくとは逢えない距離ですが、その日は帰ってからのお相手を頼まれたのです。

大きなしっかりとした腕に抱かれて、満足そうに家路を急ぐ二人の姿を見て、急に涙がこみあげてきました。嬉しくてです。それは、百日目に出征して、三歳の頃に一時帰国したわたしの父の姿と息子が重なり、今から七十数年前に思いがタイムスリップしたからなのです。

初めて会った人のようで恥ずかしく、父が「おいで」といってさしのべた、その胸の中に飛びこめないまま、父の手は所在なげに着物の袖に腕組みをしたことを、ずっと悔やんでいた私でした。今度来たらしっかりと抱っこしてもらおうと待ち続けたのでしたが。

それは胸の奥にしまいこまれたまま、かなえられることはありませんでした。

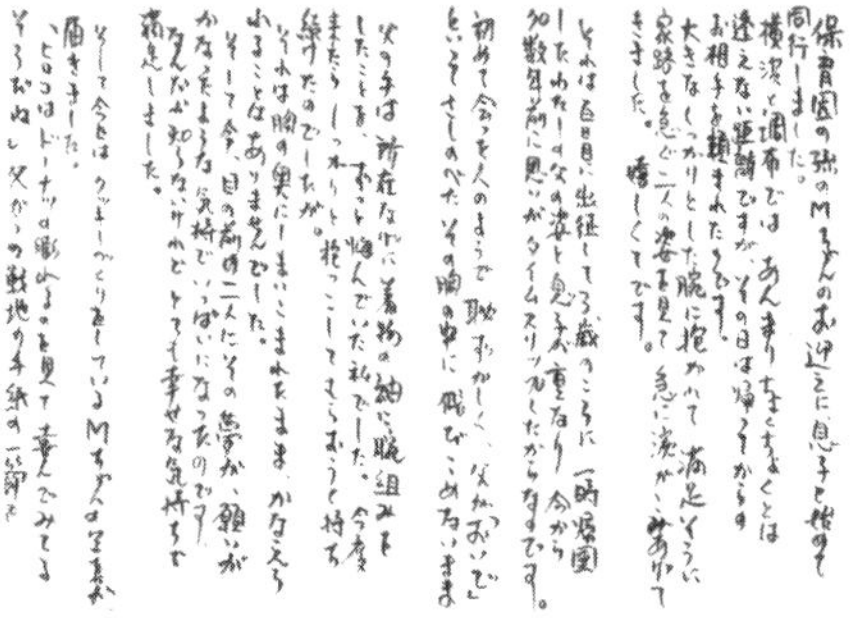
保育園の孫のMちゃんのお迎えに息子も始めて
同行しました。
横浜と調布では あんまりちょくちょくとは
逢えない距離ですが、その日は帰ってからの
お相手を頼まれたそうです。
大きなしっかりとした腕に抱かれて満足そうに
家路を急ぐ二人の姿を見て急に涙がこみあげて
きました。嬉しくてです。
それは百日目に出征して3歳のころに一時帰国
したわたしの父の姿と息子が重なり 今から
70数年前に思いがタイムスリップしたからなのです。
初めて会った人のようで恥ずかしく、父が「おいで」
といってさしのべたその胸の中に飛びこめないまま
父の手は所在なげに着物の袖に腕組みを
したことを、ずっと悩んでいた私でした。今度
また会ったらしっかりと抱っこしてもらおうと待ち
続けたのでしたが。
それは胸の奥にしまいこまれたまま、かなえら
れることはありませんでした。
そして今、目の前の二人にその夢が、願いが
かなえられたような気持ちでいっぱいになったのです。
なんだか知らないけれど、とても幸せな気持ちで
満足しました。
そして今日は クッキーづくりをしているMちゃんの写真が
届きました。
「ヒロコはドーナッツの膨れるのを見て 喜んでみてる
そうだね」父からの戦地の手紙の一節を

そして今、目の前の二人にその夢が、願いがかなったような気持ちでいっぱいになったのです。

なんだか知らないけれど、とても幸せな気持ちで満足しました。

そして、今日はクッキーづくりをしているMちゃんの写真が届きました。

「ヒロコはドーナッツの膨れるのを見て、喜んでみてるそうだね」

父からの戦地の手紙の一節を思い出して、なんか幸せな気持ちになる私です。

父さん、いろんな思い出をありがとう。

今、一番逢いたい人、

それはしばらくぶりで母に逢ってくつろぐ天国の父さんです。

陸軍曹長

榊原仙太郎命

愛知県
昭和十九年十月二十二日
沖縄県那覇西南方八〇粁
海上にて戦死
二十二歳

妹　榊原高乃

「**お兄ちゃんへ**」

兄ちゃん、高乃だよ。判るかね。今度、靖國神社の御配意により英霊に手紙を書く事が出来ました。

昭和十九年十月、最後のお別れをして、もう七十年。長い年月でした。岡崎二中から少飛六期生となり、熊谷陸軍飛行学校を卒業。飛行第五十九戦隊に赴任。南方に行き、南郷隊に配属し、激しい戦闘に参加。腰部に銃弾を受け、バンドンの病院に入院。弾は体に残したまゝ、また戦闘に出撃。

昭和十九年十月、三重明野に転属、再度の命令で二百戦隊。マニラに行く事になり、両親と明野に面会に行き、山田の旅館に一泊、語り明かしたね。

兄ちゃんから「今度は帰れないよ。若いお前に言うのは可哀相だけど、両親をたのむ」と言われ、私は返事が出来なかったよ。

エンジンの調子が悪いから、マニラまでは無理だと言われたね。明くる日、山田の駅で別れる時、兄ちゃんの顔は今まで見た事の

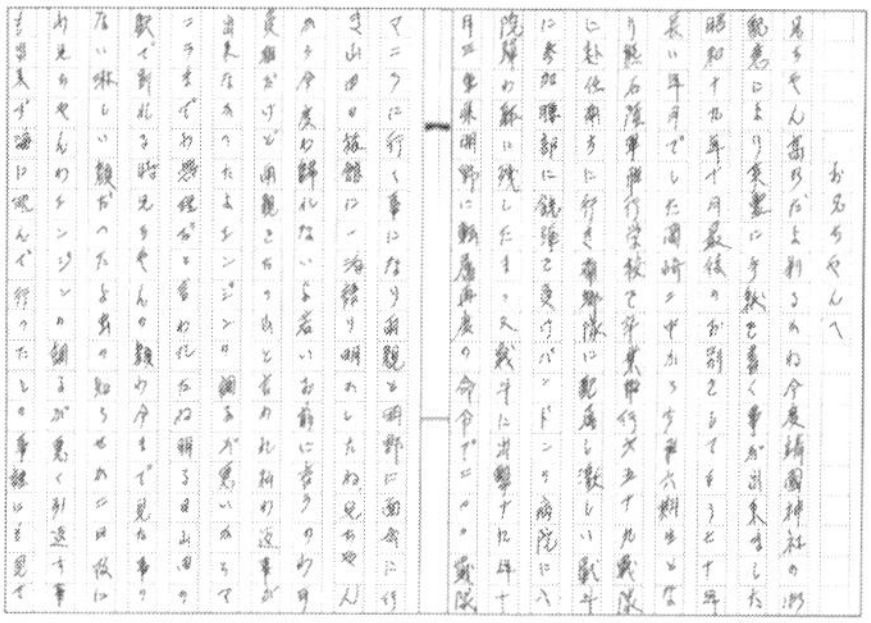
お兄ちゃんへ

ない淋しい顔だったよ。

虫の知らせか、二日後には兄ちゃんはエンジンの調子が悪く、引き返す事もできず海に沈んで行ったとの事。誰にも見てもらえず、海に沈んで行ったとの事。苦しんで死んで行った兄ちゃんが可哀相だよ。

ある人に聞いた話だけど、死に方も色々あるが、水で死ぬほど苦しい事はないと聞き、私は体がふるえたよ。戦死の公報が入った時、両親はどんなに泣いた事か。兄ちゃんは、両親が結婚十六年目に初めて授かった大切な宝物。両親の事を思うと、今でも心が痛むよ。

毎日、泣いていたよ。私も豊川海軍工廠に動員され、毎日、重労働だったよ。日本の空もB－29が毎日のように飛んできて、本土は焼野原となり、広島、長崎も原爆が落ち、豊川工廠も空襲に遭い、沢山の人が死んだよ。私は、運良く無事だったよ。

その頃から日本は負けたと噂が有り、間もなく八月十五日、ラジオで終戦を知り、皆はくやしいと泣いた人も居たけど、私はホッとして、これで死ななくてもいいんだと思ったよ。私が死んだら両親の世話をする人は居ないもんね。

兄ちゃんとの約束を守り、親を送り、私も結婚をして娘、孫、曾孫も出来、榊原の家にも暖かい風が吹いてきました。今は、何不自由なく暮しているよ。安心してね。

兄ちゃんのお墓は両親の隣に有るよ。娘が毎日、お参りに行ってるよ。大切にするからね。今度、兄ちゃんと会うと「お前、年を取ったな」って言われるね。

あれから七十年。二十歳の娘も九十歳のおばあちゃんだもんね。夢でもいいから会いたいよ。左様ならは言わないよ。又ね。

高乃より

お兄ちゃんへ

陸軍少佐
清水三郎命

静岡県
昭和二十年七月十七日
フィリピン・レイテ島
ビリヤバにて戦死
三十四歳

妻　清水正恵

「**英霊に送る手紙**」

昭和十九年六月、公主嶺《こうしゅれい》を出発しましてから、八月と九月、台湾の新竹《しんちく》からのお手紙を嬉しく読みました。でも、私が出しました手紙は貴方には一通も届かず、終戦後、私の許にどっさり返ってきました。航空便で出せば良かったと、悔やまれてなりません。それから、十一月、マニラからの航空便が届きました。弟と逢ったことも知りました。その頃、レイテ島にマッカーサーが上陸した事を知り、レイテ島には征かないと思いました。

その後の戦跡を何も知る事が出来ず、唯、無事帰還を待って居りました。

昭和二十二年十二月、戦死の通知が届き、二十年七月十七日レイテ島にて玉砕と、どうして政府はもっと詳しく知らせてくれないのでしょう。その後、大岡昇平の本を読み、六十八旅団はサンイシドロに上陸した事を知りました。星一〇〇四部隊の中隊長の貴方。船から武器、食糧など陸揚げ出来たのでしょうか。輸送船

英霊に送る手紙
昭和十九年六月公主嶺を出発しましてから
八月と九月台湾の新竹からのお手紙を嬉しく
読みました。でも私が出しました手紙は貴方
には一通も届かず、終戦後私の許にどっさり
送ってきました。航空便で出せば良かったと
悔まれてなりません。それから十一月ころ
からの航空便が届きました。弟と逢ったこと
も知りました。その頃レイテ島にマッカーサ
ーが上陸した事を知りレイテ島には征かない
と思いました。
その後の戦跡を何も知る事が出来ず唯無事
帰還を待って居りました。
昭和二十二年十二月戦死の通知が届き、二
十年七月十七日レイテ島にて玉砕と、どうし
て政府はもっと詳しく知らせてくれないので
せう。その後大岡昇平の本を読み六十八旅団
はサンイシドロに上陸した事を知りました。
第一〇、四部隊の中隊長の貴方様から武器、
食糧など陸揚げ出来たのでせうか。輸送船も

も撃沈され、さぞ大変だったと思います。

レイテ島には弟と二回行きました。でも、サンイシドロには行けず、リモン峠、オルモック、ビリヤバ等に行き、冥福を祈りました。

私は、公主嶺より実家の相良に居りました。何の不足もなく、食糧にも困らず、そして二十二年の十二月戦死の公報が来ましたので、貴方の里、佐倉農協に勤め、肇も佐倉小学校に移りました。七年後の昭和三十年、退職し、雑誌、文房具の店を構えました。肇も中学校の教師となり、中学校長を十三年勤め、退職後は園長として保育園に勤めました。お店も繁盛しましたが、私が年を取りましたので、肇の言葉で平成十五年閉店しました。

貴方に謝らなければなりません。祥子を昭和二十年九月三日、亡くしました。近所の子達が浜に連れて行ってくれますので喜んで居たのですが、その当時大豆の配給があり、それを貰って食べたのです。お腹を悪くし、お医者さんにかかりましたが、一週間後に亡くなりました。本当に申し訳ありません。

昭和五十九年、姉たちと沖縄旅行をいたし、その折、富久姉に勧められた短歌が、私の人生の支えとなりました。歌集「柳絮」、そして第二歌集を発刊することが出来、六十歳になってからは花の会、たち花学級の役もいたし、七十五歳の時、股関節にて手術を迷っていた時、貴方が夢にて力付け下さり、あれから何事もありません。

今の私は九十五歳の白髪のお婆さんです。貴方と長い間のいろいろの話をしたいと思います。

終戦日 七十回目昨日のごと 朝から晩まではっきり浮かぶ

夫あらば老後の暮らしいかがかと 想い巡ぐらす夜もありたり

陸軍軍曹

鈴木好夫命

茨城県
昭和二十一年二月十二日
ソ連シベリア・ウスリー州
ウオロシロフにて戦病死
三十五歳

「写真でしか知らぬ父へ」

二女　中根玲子

「靖國神社へ行きたい」死の前日、見舞いに来た孫の「おばあちゃん、どこにいきたい」の問に答えた場所だった。

一月十日、医師に危篤の宣告をされてから、日々口にする食物も極端に減り、僅かの軟かい物のみを受けいれるだけになったが、それでも意識のはっきりしていた母は、冬の寒さの中、毎日散歩に行きたがったし、骨と皮だけになった身体でもトイレで用を足したがったし、逢いたい人の名、食べたい物も私に伝えることができた。

「頑張ろうね。食べないと元気になれないよ」と励まし、無理に食べさせていた私も一月十日から一カ月を過ぎた頃、無理強いをしなくなった。息をするのがやっとの母、人の世話になるのが大嫌いな母、特に下の世話は何が何でもされるのを厭がった母、美容院へ行けない所か自分で顔を洗うことさえできなくなった母、品の良い服をいつも身につけていた母、きれい好きで部屋の整理

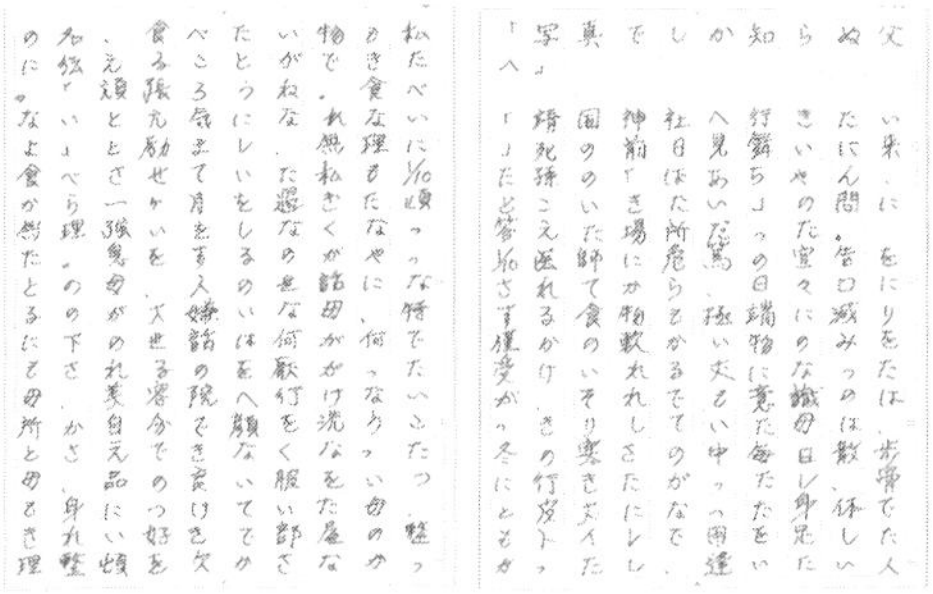

整頓を欠かさなかった母、旬の物を料理していた母、花をこよなく愛し部屋に飾っていた母。

あー、数え切れぬ様々の楽しみを総て奪い取られた母の姿を見ていて、「お父ちゃん（母の夫）の所に行きたい」と潤んだ目で訴えられた時、「いいよ。もう十分頑張ったんだから、お父ちゃんの所へ行ってもいいよ」と私が答えると、にやと笑いながら、何故か「バカ」と言った後、「玉子かけ御飯が食べたい」と遅い昼食の要求をした。ほんの少量ではあったけれど「美味しかった」と食した後、暖かな冬の陽射しの窓辺で外をながめながら三十分程、私のマッサージ付きの足湯に入り「あー気持ちいい」と、うとうとしては目覚め「あー玲子ちゃん」とにこっとして、またうとうとと「あー玲子ちゃん、洋介は」「昨日来たから多分今日は来ないと思う」またうとうとし「玲子ちゃん、疲れたから横になりたい。それからお水頂戴」と言って横になって、まもなく呼吸が荒くなり、そうして九十六歳と九カ月の命に自ら幕を降ろした(平成二十五年二月十七日逝去)。

私が一歳、姉が三歳、そして、母が二十八歳の終戦わずか一カ月前、父は召集されていったきり、ロシアのウスリー州ウオロシロフにて戦病死だった。

その後、一度は親子三人、踏切り自殺を考えたこともあった程、筆舌に尽くしがたい苦労と努力を重ねた母に、あなたは「ありがとう。喜代子よく頑張ったね。さあ、おいで」と抱きしめてくれているだろうか。

そして、姉と三人で短かった家族の再始動の指揮をとっているだろうか。

私は、まだしばらくこちらに居ます。待っていて下さい。

海軍大尉

中村輝美命

山口県
昭和二十年五月三十一日
南西諸島方面にて戦死
二十三歳

妻　片渕妙子

「神様にお導き頂いた人生」

輝美様、貴方とお別れして七十年近い年月が経ちました。当時は二十歳の妙子は白髪頭の老婆です。

私の脳裏には若く凛々しい飛行服姿の細い目の奥で優しく微笑む貴方の顔が浮かびます。昭和十九年五月下旬、母と二人で上海から一時帰国して三重空の貴方とお逢いして丁度一年目に、雲ながるる果てに天翔けて行かれました。

十九年九月上旬、上海に戻る為、神戸港より乗船し関門海峡で停泊した時に少しの着替えを持ち、一人で下船して鹿児島市の叔母を頼り都城空の貴方と簡単な結婚式を挙げましたが、叔母宅から週一度の通い婚でしたね。

十九年の暮二十八日には木更津空へ転任されて正月も別々で淋しい思いをしました。二十年二月酷寒の中、長い汽車の旅をして木更津駅の宿に一カ月滞在して貴方の来られるのを待ちました。二十年三月中旬、鹿屋空転任。この時は私も隊員の方々と一緒に

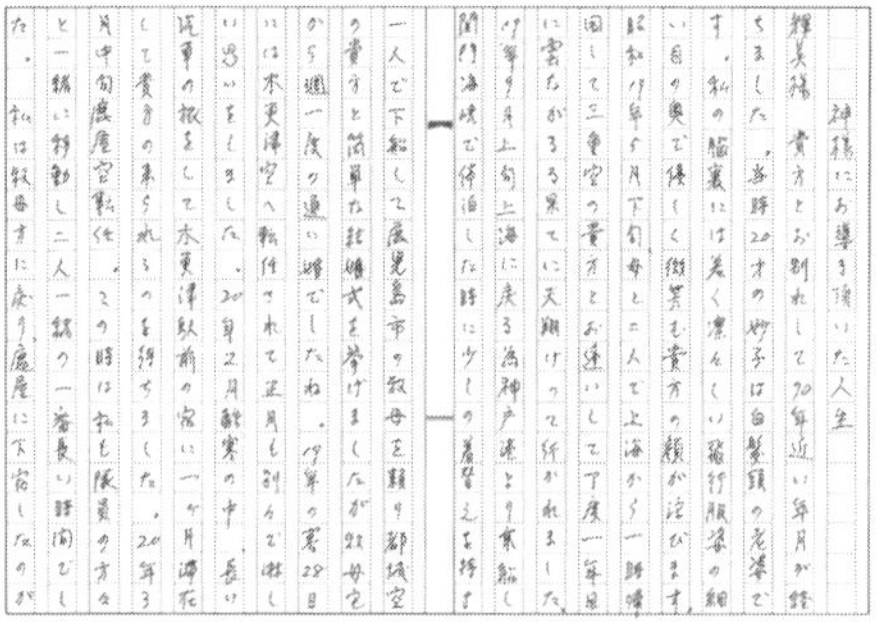

神様にお導き頂いた人生
輝美様　貴方とお別れして70年近い年月が経ちました。当時20才の妙子は白髪頭の老婆です。私の脳裏には若く凛々しい飛行服姿の細い目の奥で優しく微笑む貴方の顔が浮びます。昭和19年5月下旬母と二人で上海から一時帰国して三重空の貴方とお逢いして丁度一年目に雲たかゞる果てに天翔けって行かれました。19年9月上旬上海に戻る為神戸港より乗船し関門海峡で停泊した時に少しの蓄えを持ち一人で下船して鹿児島市の叔母を頼り都城空の貴方と簡単な結婚式を挙げましたが叔母宅から週一度の通い婚でしたね。19年の暮28日には木更津空へ転任されて正月も別々で淋しい思いをしました。20年2月厳寒の中、長い汽車の旅をして木更津駅前の宿に一ヶ月滞在して貴方の来られるのを待ちました。20年3月中旬鹿屋空転任。その時は私も隊員の方々と一緒に移動し二人一緒の一番長い時間でした。　私は叔母方に戻り、鹿屋に下宿したのが

移動し二人一緒の一番長い時間でした。私は叔母方に戻り、鹿屋に下宿したのが五月中旬過ぎでした。毎晩十一時に来られ、下でお茶を飲み十分位雑談して帰隊。

最後の日となった三十日は、何故か二階の私の部屋まで上り、三十分位居られ「明晩又来る。六月一日松山空へ教官として赴任する。妙子も一緒だよ」と雨の中、帰隊された後ろ姿が最後となりました。三十一日夜、隊から知らせが入り悲しく大泣きしました。

夜中に「妙子、妙子、妙子」と呼ぶ貴方の声が聞こえて来ましたが姿は見えません。何処から呼んだのですか。何処でどの様な最後を遂げられたのですか。今でも私は知りたいです。

所帯持つ事も出来ず八カ月の短い縁でしたが幸福な青春の思い出を有り難うございました。あの時、下船しなかったら永久に後悔して居たと思います。

縁あって片渕と再婚しました事お許し下さい。精神的に辛い年月でしたが、一男二女に恵まれ成長を楽しみに頑張りました。沢山の国内外旅行を楽しませて貰いました。片渕も平成二十一年五

月二十九日、他界し、葬儀の日が五月三十一日でした。貴方の命日と重なりました。不思議ですね。長男、昭和三十年五月三十日生、民間航空の操縦士となり初仕事が五十五年五月三十一日。鹿児島、屋久島間。奇しき因縁に愕然としました。

私の歩んで来た道これで良かったのですね。神様が最高に幸福な道に導いて下さったと確信して居ます。若し、貴方が健在でしたら、どの様な人生を送って居たでしょうか。

今は次女の近くで元気に一人で暮して居ますので御安心下さい。

何時の日にかお逢いする日迄、強く、明るく、直く、この世を生き抜いて参ります。

妙子

陸軍中佐
澤山義隆命

滋賀県
昭和十九年十一月十三日
フィリピン・ミンドロ島
西北ルバン付近にて戦死
二十六歳

妻　山田政江

「靖國の英霊に　捧げまつる」

義勇院天誉隆運精進居士

感状上聞の栄、二階級特進に輝く、「あなた」のラジオ放送を、御両親と感泣いたしてから七十年の年月が流れました。今度お便り差し上げる企画をたてて頂き、嬉しく、拙いながら私も贈らせて頂きます。

私達が結婚いたしたのは、昭和十九年一月十日でした。あなたは前日お帰りになり、私宅にも立寄って頂きました。私は朝が苦手で大へん失礼いたしました。翌日、草津から関西線で平原駅では母と妹二人が見送って、お弁当と沢山な食物を頂き、乗り合わせた中尉さんにお弁当をおあげした事を覚えて居ります。

翌日、東京から柏へ、柏から軍隊の車が迎えて下さって、野田の家まで送って頂き、何から何まで手伝って頂きました。

家は畑の中に三軒あって、隣に同隊の平木中尉殿がお手伝いにて、奥様と仲よしになり、平成二十年頃まで交際出来ましたのに、

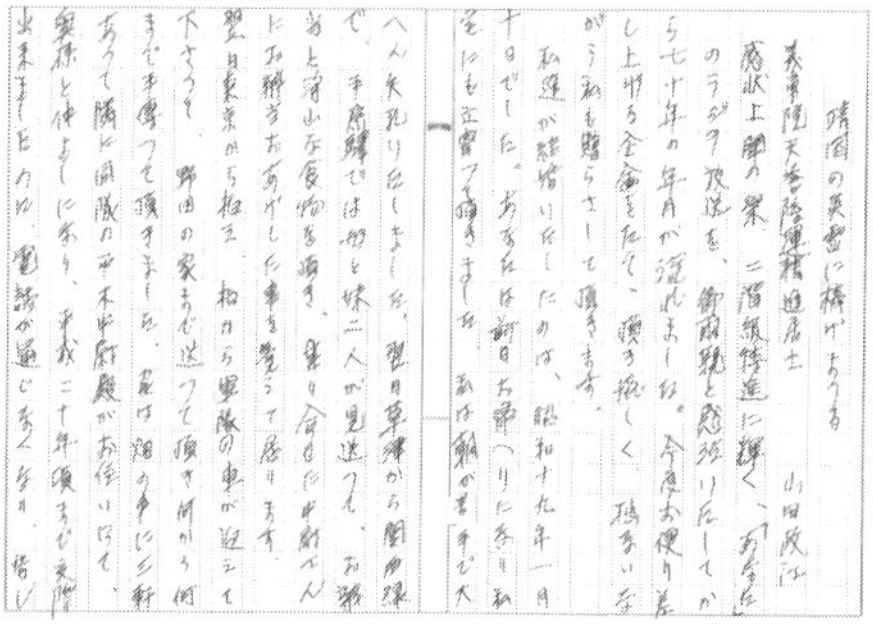
靖国の英霊に捧げまつる
義章院天誉陸運精進居士　山田政江
感状上聞の栄　二階級特進に輝く、あなた
のラジオ放送を、御両親と感涙いたしてか
ら七十年の年月が流れました。今度お便り差
し上げる企画を知って、懐かしく、嬉しい涙
がこみ私も踊らさして頂きます。
私達が結婚いたしたのは、昭和十九年一月
十日でした。あなたは翌日お帰へりになり私
達にも送って頂きました。あなたは軍刀が「チャン大
へん気張り致しました。翌日草津から関西線
で、平木寿では姉と妹二人が見送って、お姉
弟と清水公園を漬き、集り合はた中新さん
とお聯方おあげした事を覚って居ります。
翌日東京から松江、私たち軍隊の車が迎えて
下さって　野田の家まで送って頂き何から何
まで手伝って頂きました。食は嫁の事にも新
あって隣に国隊の平木中新殿がお住いになって
奥様と仲よしになり、平成二十年頃まで交際
出来ましたが、電話が通じなくなり、惜し

電話が通じなくなり、惜しい事をいたしました。

食物は大へんでしたが、天ぷら屋さんと魚屋さんが店を開かれ、天ぷら屋さんの光ちゃんと仲よしになり、何でも調達して頂き、その上吉地からお米と野菜、母からお酒、食物を度々と送って貰い、楽しい新婚生活が送れました。

軍隊の送迎は軍の車がして頂き、小道は歩きますので軍刀の「シャン、シャン」の音で出迎えます。如月の夕べ、突然、松村部隊長殿がお見え下さって、「澤山と春日井」を今日まで生かしておいたのはこの俺がいたからだ、この俺に礼を云え、早速電話して、二人で深々と御礼申し上げた事を思い出します。

春が来て、清水公園の桜見に行き、「あなた」が大樹に隠れて、平木さんと大笑いした思い出、光ちゃんが病気と聞き、もう一度野田を尋ねた時のあの懐しさ、私達の家跡は、マンションが立ち並び、平木宅跡は、「夏草やつはものどもの夢の跡」唯呆然と佇ち竦みました。

私の人生で大切な思い出は、あなたが満面に笑を湛えて帰宅された時、「澤山の奥さんは精神が良いから皆見習え」と上官が言った。私が「あなた」に捧げた最上の心であり、今日の私の老の身を悲しむ日々を勇気付けてくれます。

戦いはますます繁しく九州来襲、八月二十日、戦隊長戦死、「あなた」が後任に。私も九州、九月六日着。暫くして繁しい下痢と嘔吐に襲われ、大へん御心配をおかけして、九月二十四日、別れの日、山裾に見えなくなるまで友と見送りました。

合掌

陸軍伍長

中川豊助命

京都府
昭和二十年六月四日
中国安徽省にて戦死
三十一歳

妻　中川キク

昭和十八年十二月三十日夜、六時半頃でした。

表で中川豊助さんかと聞きなれない人の声。家の中へ入ってこられて、此れをと出されました。まぎれもなく「赤紙」です。受け取りましたが、私はとっさにかくしてました。貴方は明日からお休み、一日明けてお正月、さぞやうきうきして帰ってこられる。前に出す勇気はとても有りませんでした。

まず、子供をお風呂へと行って頂き、帰ってこられた所へ今、来ましたと言って出したのですよ。

おたがい覚悟はしていたはずでしたが、いざとなると食事も通らなかった事と思います。さあ、大変、お正月どころでは有りません。毎日走りまわって準備。ほんとう、めまぐるしい毎日でしたが、私ではお手伝いも出来ず申し訳なく思って居ました。

七日はいよいよ出発です。一年七カ月の長男、生後八十日の長女を後にして行かねばならない貴方の心中いかばかりかと涙をこ

らえて笑顔で送り出しましたが、本当はだき付いて泣きたかったです。

貴方と別れてから一年は、どうにか暮せましたが、だんだん空襲がはげしくて居られなくなり、田舎へ帰りました。一間をかりて居たのですが、貴方に頂いたお金、封鎖になりましてね、一円の金も出してくれなかったのです。食べる物はだんだんなくなって、途方にくれました。

子供を一人出してと言ってくれる人も居ましたが、二人の子供をたのむと言って行かれた約束、はなすわけにはいきません。死ぬ覚悟で行こうと無我夢中で頑張りました。

今は其のおかげで幸せです。良い子にそだってくれました。此の様な有難い時代が来るとはゆめにも思わなかったです。安心して下さい。貴方の分まで長生きさせて頂いて申訳ありません。

今一つ心残りは、子供の写真を貴方の元へ送るのに間に合わなかった事です。ごめんなさい。

此の間、七十年ぶりに夢に出てきてくれましたね。話をしようと思っているまに消えてしまいました。昔一度来て下さった時にはだき付こうと思ったとたんに何も言わずに行ってしまった。

今度、来て下さった時には、ゆっくりして下さい。お話でも致したい。お待ちして居ます。

陸軍中尉

鈴木光信命

東京都
昭和十五年二月十五日
蒙古聯合伊古昭五原にて
戦傷死
三十一歳

「会った事のないお父さんへ」

長女　鈴木義子

「お父さん」一度声に出して呼んで見たかったです。

私が生れる十日程前に独立部隊で出征して、そのまま帰らぬ人となりました。日大の軍事教官で自動車隊として生徒を次々と戦地に送り、自分も共に戦いたいと云う一心から支那事変で北支に赴いたと聞かされました。

雪原の中、次々と故障する車を修理しているうちに弾に撃たれ、あっと云う間の戦死でした。

戦死の公報が入った日、お母さんは地面が崩れて自分の身体が沈んでゆく様だったと話していました。軍国の妻は涙を流す事は許されず、その上、おばあ様から「お前が替れば良かった」とつぶやかれ、たまらない程、辛く悲しかったことでしょう。

下町の大空襲で浅草の家は丸焼けで、お父さんの遺品は軍刀も軍服も血のついた千人針もすべて失われ、たった一枚の満洲から送られた絵葉書が私の大切な形見となりました。色付きでカナま

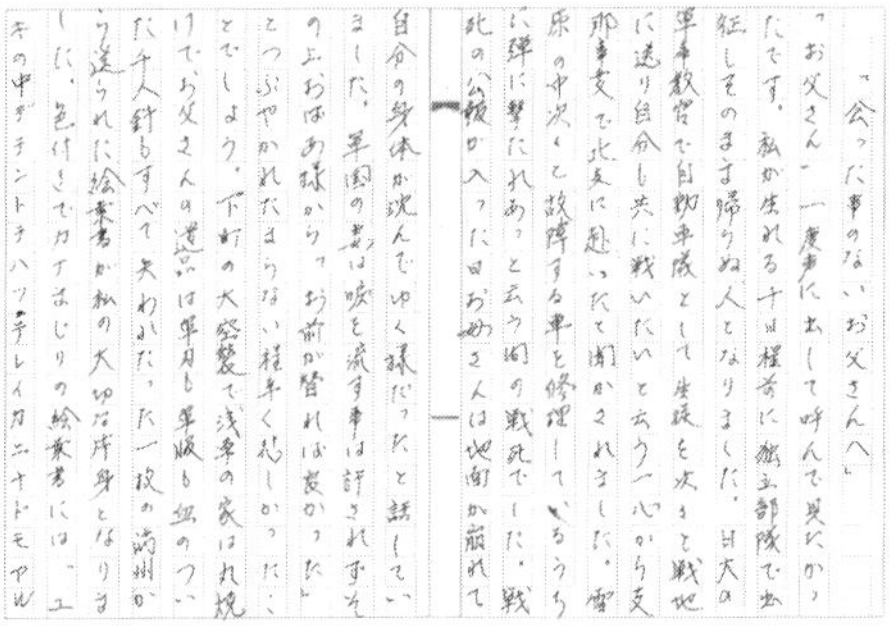

『会った事のないお父さんへ』

「お父さん」一度声に出して呼んで見たかったです。私が生れる十日程前に独立部隊で出征しそのまま帰らぬ人となりました。日大の準教官で自動車隊として戦線を次々と戦地に送り自分も共に戦いたいと云う一心から支那事変で北支に赴いたと聞かされました。雪原の中次々と故障する車を修理しているうちに弾に撃たれあっと云う間の戦死でした。戦死の公報が入った日おかあさんは地面が崩れて自分の身体が沈んでゆく様だったと話していました。軍国の妻は涙を流す事は許されずそのうえおばあ様から「お前が替れば良かった」とつぶやかれたまらない程辛く悲しかったことでしょう。下町の大空襲で浅草の家は丸焼けでお父さんの遺品は軍刀も軍服も血のついた千人針もすべて失われた。ただ一枚の満州から送られた絵葉書が私の大切な宝物となりました。色付きで片カナまじりの絵葉書には「ユキノ中デテントヲハッテ、レイカ二十ドモヤル

じりの絵葉書には「ユキノ中デテントヲハッテ、レイカ二十ドモアルサムイトコロデ、夜モネラレズ、ハタライテイマス…」という書き出しの便り、覚えていますか。

戦後のお母さんの苦労は大変なものでした。一面焼け野原の浅草に戻り、バラックを建て、お兄さんはアルバイトをかけ持ちし学校を出て、お母さんを助け、乗り切りました。十年間も寝た切りのおばあ様の介護をして、愚痴一つこぼさず嫁の務めだからと尽し切って見送ったお母さんも十年前に天に召されました。

お父さん、お母さんにはもう会えましたか？　八十歳頃、短歌に出会い、歌を詠み始めましたが、お父さんを想う歌ばかりで胸が痛いです。

私は結婚が決った日に夫が靖國神社を訪れ「義子さんを幸せにします」と誓って祈ってくれました。優しい夫に恵まれ、今年で五十年目を迎えます。

靖國には多くの英霊が祀られています。お父さんを含む、その方達の犠牲の上に今の日本は平和で大きな経済成長を遂げ、変貌

は想像もつかないものでしょう。
私もお父さんがもし生きていらしたらセレブなお嬢様時代を過せたかしらと残念に思う事があります。私は、一度もお父さんの顔を見た事がありません。逞しい人、勇気のある人と聞いていたので夢でも良いから一度会いに来て下さい。又、いつか生を受ける事があったらお父さん、お母さんの子として生まれて来たいです。最後にお母さんの短歌を一首記しますね。

戦《たたかい》終わり帰還の兵満つる秋戸を立て一夜を遺影と語れり

天国でお母さんに会えたら、六十年の未亡人生活を沢山沢山慰めの言葉をかけて上げて下さい。

陸軍大尉

善家善四郎命

京都府
昭和十九年十一月二十七日
フィリピンにて戦死
二十四歳

「長い敬礼」

妹　田辺さだ子

昭和十九年秋、陸軍特別攻撃隊という字が新聞に出はじめた頃、お兄さん、あれが最後の面会だったのですね。

自分が特別攻撃隊員であるという事を、一言も云わず、レイテ湾に突っ込んで逝ってしまうなんて。桃山高女三年生だった私は七十年たった今でも、何も話さなかったお兄さんの事を思うと涙がこぼれます。

あの時、お母さんはやっぱり親、お兄さんの事「この子は死ぬ」と思った様です。

鯛の身をむしっていたお母さんの前にいきなりお兄さん、口をアーンとあけたでしょう。そして子供の頃の様に、食べさせて貰ったり、食べさせてやったり、私は「何してるの、大人なのに」と云って、眺めていました。今思へば、お兄さん、お母さんに抱っこして貰いたかったのかもしれませんね。

営門の所までお兄さんは腕を組み、うつむいて送ってくれまし

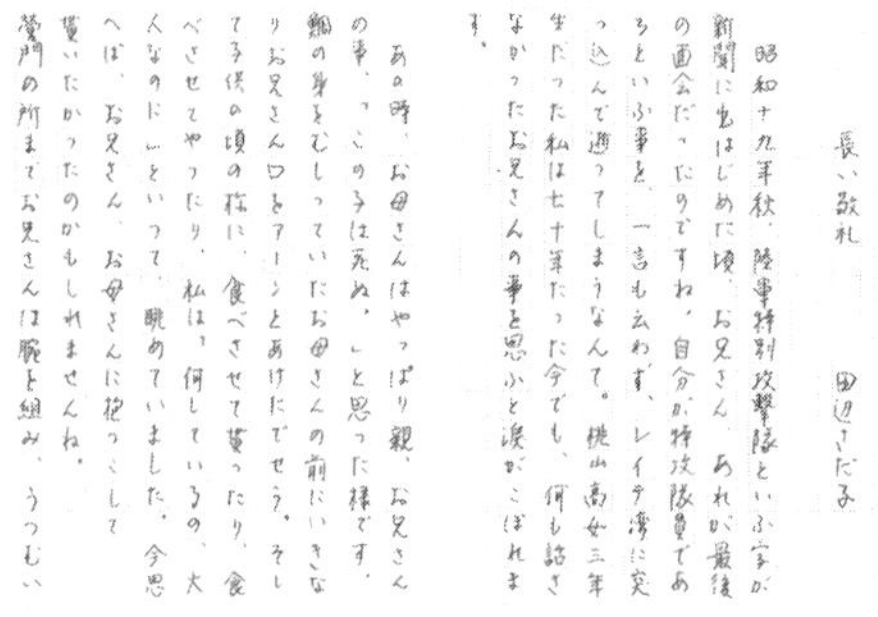

長い敬礼　田辺さだ子

昭和十九年秋、陸軍特別攻撃隊といふ字が新聞に出はじめた頃、お兄さん あれが最後の面会だったのですね。自分が特攻隊員であるといふ事を、一言も云わず、レイテ湾に突っ込んで逝ってしまうなんて。桃山高女三年生だった私は七十年たった今でも、何も話さなかったお兄さんの事を思ふと涙がこぼれます。

あの時、お母さんはやっぱり親、お兄さんの事、"この子は死ぬ"と思った様です。鯛の身をむしっていたお母さんの前にいきなりお兄さん口をアーンとあけたでせう。そして子供の頃の様に、食べさせて貰ったり、食べさせてやったり、私は"何しているの、大人なのに"といって、眺めていました。今思へば、お兄さん、お母さんに抱っこして貰いたかったのかもしれませんね。営門の所までお兄さんは腕を組み、うつむい

たね。まわりに隊伍を組んだ兵隊さん達が通られても、うつむいたままで答礼していました。

そしていよいよ、私達が営門を出る時、お母さんの顔をじっと見つめて、お兄さんは、長い長い敬礼をしました。それは、美しい敬礼姿でした。

トランクや長靴《ちょうか》（将校用の革靴）を持って帰ってくれ、といわれてお母さんが「靴が無くては困るでしょう」と云うと「飛行機に乗る時は短い靴でいいから」と答えました。

帰ってトランクを開けたお母さんは、おいおいと泣きました。中にはシャツや褌、靴下もきれいに洗って、きちんと畳んで入っていました。

昭和十九年十一月二十七日午前十一時四十五分、八紘隊隊員として、フィリピン、レイテ湾に散りました。

私は同じ年五月に父が亡くなり、半年後に柱と頼むお兄さんも亡くし、動員で飛行機を作っていました。

戦後、一人暮しのお母さんは、遺族年金だけでつつましく「私

は死んだ息子が養ってくれています」と、誇らしげに云って亡くなりました。私は時の政府のご配慮を有難く思っています。

あの面会の時、奇しくも田中隊長様はじめ、八紘隊の皆様にお目にかかり、これは遺族の中でも私一人です。

その妹の私も八十五歳、お母さん、お兄さん、もうすぐ逢えますね。

陸軍上等兵

野村　傳命

高知県
昭和十九年六月二十九日
鹿児島県大島郡徳之島亀津
町沖約二浬にて戦死
二十六歳

妻　野村　静

お別れしてから早や七十年を過ぎました。青年学校の教員だった貴方は戦争酣《たけなわ》の頃、年端もゆかぬ生徒が軍隊に志願するのを心配ばかりしていました。

その貴方自身に召集の赤紙が来ました。或る人から「幹部候補生になれ」と教えられました。その時「幹候を出て軍人にはなりません。戦が終ればすぐ元の教師になります」敢然と辞退なさった貴方です。教職を天職と信じ、教え子を限りなく愛した貴方でした。

一つ星の二等兵でしたが、大勢の生徒さんが駅まで送って下さいましたね。

沖縄へ行くべく乗った輸送船は、敵の魚雷に敢えなく沈められました。その驚き、悲しみ…。

終戦！　義父母と乳飲子を抱えた二十二歳の寡婦、戦後の生活苦など書き切れません。

お別れしてから早や七十年を過ぎました。
青年学校の教員だった貴方は戦争酣の頃、年
端もゆかぬ生徒が軍隊に志願するのを心配ば
かりしていました。その貴方自身に召集の赤
紙が来ました。或る人から「幹部候補生にな
れ」と教えられました。その時「幹候をおて軍
人にはなりません。戦が終ればすぐ元の教師
になります」。敢然と辞退なさった貴方です。
教職を天職と信じ、教え子を限りなく愛した
貴方でした。一つ星の二等兵でしたが大勢の
生徒さんが駅まで送って下さいましたね。
沖縄に行くべく乗った輸送船は敵の魚雷に
敢えなく沈められました。その驚き悲しみ……
……終戦に義父母と乳飲子を抱えた二十二歳
の寡婦。戦後の生活苦など書き切れません。
短歌一首（戦後坂きびしかりしよ護られてみ
魂と越えし命なりけり）静
苦労の坂も貴方に守られてこそでした。
戦後の乱れた世相もやっと落付いた昭和五
十年頃のこと、思いがけずも「私達は野村先

短歌一首

戦後坂きびしかりしよ護られて み魂と越えし命なりけり

静

苦労の坂も貴方に守られてこそでした。

戦後の乱れた世相も、やっと落付いた昭和五十年頃のこと、思いがけずも「私達は野村先生の教え子です」と名宣《なの》る三十人程の墓参を辱《かたじけ》なくしました。心こもる参詣のあと、木陰の茣蓙《ござ》で学校当時の思い出に花を咲かせました。「剣道の寒稽古、澄み切った空気の中の潔い先生のかけ声……充実した学校生活の中にも戦争の危機は迫った。俺たちは愛国心に逸《はや》ったと言うか、七つ釦《ぼたん》の予科練（海軍飛行予科練習生）に憧れてか志願者は続出した。野村先生は意外に喜ばなかった。『両親に相談したか？』『二十歳まで待てぬか』など個々に向き合って宥《なだ》めて下さった。『二十歳になったら征かねばならん。それまでに勉強せよ。親に孝行せよ』涙ぐんで話された。あの時少年の私等を、先生の大きい力で育んで下さったお蔭でお互い今日まで命存《なが》らえたんだなあ」と。

貴方の遺して下さった一粒種の伜《せがれ》は父親の面影を追うように俯《うつむ》いて聴いていましたが、胸を揺さぶる感動を受けたようでした。

今夜も長押《なげし》に掲げた貴方とお話しましょう。十五歳の少年、純朴一途な輝く命を失うに忍びず、何人かの命を救った貴方、今在れば誰彼と慕い寄って飲みに来てくれるでしょうね。

敵の魚雷の犠牲になった恨みの晴れる日はありませんが、戦争に行ったけれど人一人殺さず、傷つけず、昔から反戦平和愛好の志を貫いた貴方。そう思うことが私の心慰みであり、ささやかな誇りでもあります。

遺骨も還らぬ貴方。今では美しい珠貝《たまがい》となって海底から平和を見守って下さってますよね。きっと。

孝行息子夫婦、孫、曾孫のことは後便にて。

陸軍准尉

大久保忠二命

長野県
昭和二十年六月二十八日
トングーよりモーチ街道を
経て泰國方面へ転進中戦死
三十七歳

二男　大久保弘彦

英霊に捧げるのは、花束ではありません。貴方と一《いち》女性への心からの感謝です。

昭和二十年六月、貴方はビルマにて戦死。どれ程祖国に、家族の元に帰りたかった事でしょうか。無念でなりません。

戦地からの便りには、何時も、彼女の事、幼い子供の事が書かれておりましたね。

世間知らずの若き彼女に突然届いた貴方の戦死の報は、どれ程彼女を絶望と恐怖へと突き落した事か。幼子二人を抱えて女手一人で、この先どう生きて行けというのか。余りにも過酷な人生を突きつけられ、現実に立ち向かわねばならない状況は、想像を絶する事だったでしょう。

その中で一歩一歩立ち上って行きました。国と他人に頼る事、生活保護を受ける事を恥とし、当時は厳しい職業婦人として朝早くから夜遅くまで、苦労を一身に受け止め我々を育ててくれました。そんな力強さは何処から出て来るものでしょうか。

大久保 弘喜(71)
英霊に捧げるのは、花束ではありません。
貴方と一女性への心からの感謝です。
昭和20年6月、貴方はビルマにて戦死。
どれ程祖国に、家族の元に帰りたかった
事でしょうか。無念でなりません。
戦地からの便りには、何時も、彼女の事、
幼い子供の事が書かれておりましたね。
世間知らずの若き彼女に突然、貴方の戦死
の報はどれ程に絶望と恐怖へと突き落とし
た事か。幼子二人を抱えて女手一人でこの
先どう生きて行けというのか。余りにも過
酷な人生を突きつけられた現実に立ち向か
うことは想像に絶する事だったでしょう。
その中で一歩一歩立ち上がって行きました
国に他人に頼る事、生活保護を受ける事を
恥とし当時は厳しい職業婦人として朝早く
から夜遅くまで苦労を一身に受け止め我々
を育ててくれました。そんな力強さは
何処から出て来るものでしょうか。

何時か貴方にりっぱに生きて来た事を報告出来る日を心の支えに、生きて来たのではないでしょうか。貴方が、立派な女性を妻に迎えた事を我々は心から感謝しております。

父親のいる家庭には決して負けはしない。子供達に残す財産は教育を身に付ける事と自分の楽しみを一切せずの一生でした。

希望と誇りを持った力強い人間になれ、と励ましてもらった事がつい昨日の様です。

きっと貴方が生きて帰って来ていたら、こんな強い女性ではなく、幸せな生活を送っていた事でしょう。

常日頃、自分程幸せな人間はいないと貴方に感謝しておりました。平成十年十二月に亡くなりました。真の生き方とは何かを教えてくれた女性、彼女こそ我々の母です。

親の心子知らずとはよく言ったものですね。そんな気持ちを忘れて我儘勝手、心より悔やまれてなりません。

貴方と母の血を受け継いだ事を誇りに、限りある命、感謝を持ってこれからも生きて参ります。

貴方の息子より

陸軍輜重兵伍長
濱村慶造命

石川県
昭和十四年五月十四日
中国山西省繁峙縣上細腰澗
車廠間にて戦死
三十八歳

「おじいちゃんへ」

孫　村田外志子

おじいちゃん、今まで何も知らずに本当にごめんなさい。

おじいちゃんの事を調べた妹が色々教えてくれました。妹は靖國神社にお詣りした際に「英霊に贈る手紙」の募集を知り、応募したそうです。

調査課の方から「戦死日がこちらの記録と違っています」との連絡が入ったそうです。「除籍謄本を取り寄せて下さればハッキリします」と言われ、妹は出生地の役所から取り寄せました。

知らずに過ごした人生がそこに書かれていました。

人に人生を左右され親の愛、養父母の愛、妻の愛、義理の子供の愛に恵まれず過ごした人生だったんですね。唯一、救われた事は、母が生れた事と写真は届いていた、と聞いています。戦死したのは山西省の繁峙県《はんじけん》。今は便利な時代で戦死された場所をインターネットで検索してみました。山奥の人気のない場所の峠、陸軍で騎兵隊の一員だったのですね。

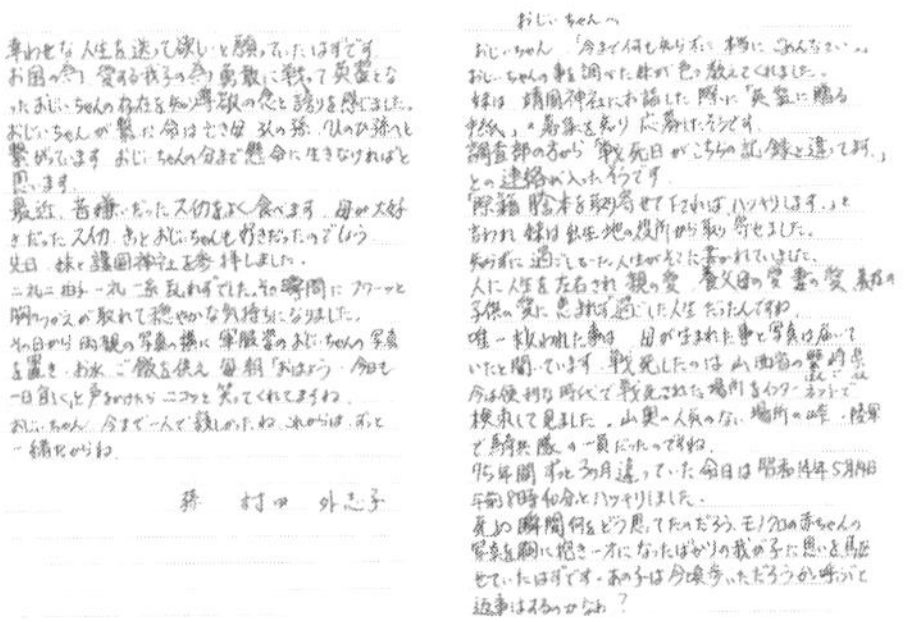

おじいちゃんへ

おじいちゃん「今まで何も知らずに本当にごめんなさい」。

おじいちゃんの事を調べた妹が色々教えてくれました。

妹は靖國神社にお詣りした際に「英霊に贈る手紙」の募集を知り応募したそうです。

調査部の方から「戦死日がこちらの記録と違ってます。」との連絡が入ったそうです
「除籍謄本を取り寄せて下されば、ハッキリします。」と言われ妹は出生地の役所から取り寄せました。

知らずに過ごしてきた人生がそこに書かれていました。

人に人生を左右され親の愛、養父母の愛、妻の愛、最後の子供の愛に恵まれず過ごした人生だったんですね。

唯一救われた事は、母が生まれた事と写真は届いていたと聞いています。戦死したのは山奥の [illegible]

今は便利な時代で戦死された場所をインターネットで検索して見ました。山奥の人気のない場所の峠。陸軍で騎兵隊の一員だったのですね。

75年間ずっと3ヵ月違っていた命日は昭和14年5月14日午前8時40分とハッキリしました。

死ぬ瞬間何をどう思ってたのだろう。モノクロの赤ちゃんの写真を胸に抱き一才になったばかりの我が子に思いを馳せていたはずです。あの子は今頃歩いただろうか。呼ぶと返事はするのかなあ？


幸わせな人生を送って欲しいと願っていたはずです。

お国の為、愛する我子の為、勇敢に戦って英霊となったおじいちゃんの存在を知り尊敬の念と誇りを感じました。

おじいちゃんが繋いだ命は亡き母、3人の孫、7人のひ孫へと繋がっています。おじいちゃんの分まで懸命に生きなければと思います。

最近、昔嫌いだったスイカをよく食べます。母が大好きだったスイカ、きっとおじいちゃんも好きだったのでしょう。

先日、妹と護國神社を参拝しました。

二礼二拍手一礼、一糸乱れずでした。その瞬間にフワーッと胸のつかえが取れて穏やかな気持ちになりました。

その日から両親の写真の横に軍服姿のおじいちゃんの写真を置き、お水、ご飯を供え毎朝「おはよう、今日も一日宜しく」と声をかけたらニコッと笑ってくれてますね。

おじいちゃん、今まで一人で寂しかったね。これからはずっと一緒だからね。

孫 村田 外志子

七十五年間ずっと三カ月違っていた命日は、昭和十四年五月十四日午前八時四十分とハッキリしました。

死ぬ瞬間、何をどう思っていたのだろう。モノクロの赤ちゃんの写真を胸に抱き、一歳になったばかりの我が子に思いを馳せていたはずです。あの子は今頃歩いただろうか。呼ぶと返事はするのかなあ？

幸せな人生を送って欲しいと願っていたはずです。

お国の為、愛する我が子の為、勇敢に戦って英霊となったおじいちゃんの存在を知り、尊敬の念と誇りを感じました。

おじいちゃんが繋いだ命は亡き母、三人の孫、七人のひ孫へと繋がっています。おじいちゃんの分まで懸命に生きなければと思います。

最近、昔嫌いだったスイカをよく食べます。母が大好きだったスイカ、きっとおじいちゃんも好きだったのでしょう。

先日、妹と護國神社を参拝しました。二礼二拍手一礼、一糸乱れずでした。その瞬間にフワーッと胸のつかえが取れて穏やかな

気持ちになりました。

その日から両親の写真の横に軍服姿のおじいちゃんの写真を置き、お水、ご飯を供え、毎朝「おはよう。今日も一日宜しく」と声をかけたらニコッと笑ってくれていますね。

おじいちゃん、今まで一人で寂しかったね。これからは、ずっと一緒だからね。

海軍水兵長

森井　清命

大阪府
昭和二十年四月二十九日
フィリピンにて戦死
三十二歳

長男　森井　昇

「天国のおとうさんへ」

さらさらと指よりこぼれる戦地の砂を抱き締めて、私は貴方の元へ参ります。

私の母はこの様な思いで、大切な人の唯一の形見であるフィリピンの砂をみちしるべの様に抱き、享年九十一歳の生涯を閉じました。

戦後の混乱の辛苦は、筆舌に尽くし難いと聞いておりますが、新婚間もなく戦地へ赴いた主人への強い思いと、生後もその父親の居ない私への不憫さからでしょうか、再婚もせず、唯ひたすら働き続け、一人で私を育てて呉れた気丈夫な母でございました。

それでも時折り、私に笑顔を見せながら「お父さんとは短い間だったけど本当に楽しかったよ」と話す母の顔は輝いて居り、私も共にホッとするひとときもありました。

その様な母と共に過ごした戦後の困窮生活では、祖父母や母の手助けをするものの、充分な孝行は出来ませんでしたが、唯一、

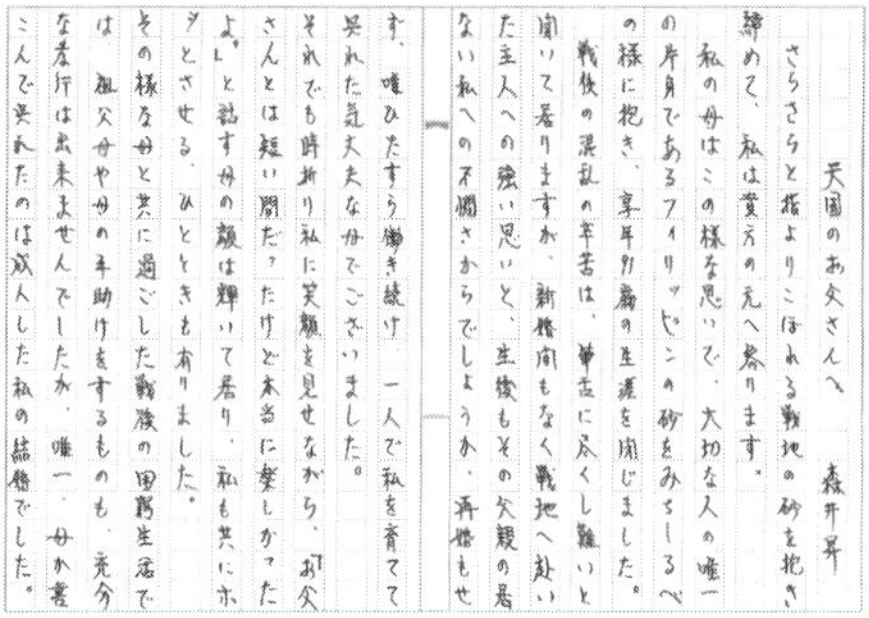

天国のお父さんへ　森井昇

さらさらと指よりこぼれる戦地の砂を抱き締めて、私は貴方の元へ参ります。

私の母はこの様な思いで、大切な人の唯一の片身であるフィリッピンの砂をみちしるべの様に抱き、享年91歳の生涯を閉じました。

戦後の混乱の辛苦は、筆舌に尽くし難いと聞いて居りますが、新婚間もなく戦地へ赴いた主人への強い思いと、生後もその父親の居ない私への不憫さからでしょうか、再婚もせず、唯ひたすら働き続け一人で私を育てて呉れた気丈夫な母でございました。

それでも時折り私に笑顔を見せながら、「お父さんとは短い間だったけど本当に楽しかったよ。」と話す母の顔は輝いて居り、私も共にホッとさせる。ひとときもありました。

その様な母と共に過ごした戦後の困窮生活では、祖父母や母の手助けをするものも、充分な孝行は出来ませんでしたが、唯一、母が喜こんで呉れたのは成人した私の結婚でした。

母が喜んで呉れたのは、成人した私の結婚でした。

当時、嫁の義父は私を実の息子の様に可愛がって下さったにも拘わらず、私はそれ迄云ったことのない「お父さん」の一言が、仲々云えず、片親としての自分の偏見の心を責め悩みました。しかし今、声を大にして「お父さん」と云えるのを嬉しく思います。

天国のお父さん、戦中戦後も苦労を一身に背負ったお母さんに、お父さんの代りに充分楽をさせて上げられなかった事、本当に申し訳なく心からお詫び申し上げます。又、長い年月は苦も楽も有りましたが、私は二人の息子を授かり、お父さんには二人の孫と三人の曾孫も居るんですよ。皆お陰様を頂き元気に過ごさせて頂いて居ります。

此の度、お父さんの孫（邦浩）が靖國神社に参拝させて頂くと、これが有ったのでと云ってこのパンフレットを送って呉れたのです。

連綿と続く家族の縁と云う絆に、私は今、震える様な感動に包まれて居ります。拙い文ですが、母に代り天国のお父さんへの、この様な手紙を書かせて頂く機会を与えて頂いた事に、心より感謝して居ります。

天国のお父さん、そして多くの戦死されました御英霊の皆様、本当に御苦労様でございました。

御英霊の皆様の犠牲の上に、今日の豊かな日本が築かれている事を忘れずに、増々の御冥福、御冥加を心よりお祈り致します。

陸軍一等兵

鈴川英夫命

福岡県

昭和二十年七月二十五日

広島県芦品郡にて戦病死

二十五歳

「卒業証書」

妹　谷　豊子

卒業式を二日後に控えた、昭和二十年三月十七日、学徒として出征した兄。

出征前夜小さな祝賀の宴の用意をしていた父が突然に、何が嬉しいものか、何が目出度いものか、負けの戦に喜んで息子を送れるものか！　当時の禁句を並べて悲しんで居た父の嘆きを、当時九歳の私は部屋の片隅で一人聞いていた。

十七日は近所の人達に見送られて小倉駅へ。発車のベルが鳴り出した時、デッキに立って居た兄が軍帽を振り乍ら、「克子お母さんを頼んだぞ」の声を残して、車中へ消えて行った。

十九日は母が兄の代理で卒業証書を受け取りに行った。

「あんなに一生懸命勉強をしたんだから、卒業証書だけは見せてやりたい」それが母の願いで入隊地へ持参した。面会を求めると、その隊は今から出陣をするので、門前で見送る様にと指示を受ける。表に出るとすでに大勢の見送りの人でごった返していた。

陸軍兵長

鈴川四郎命

広島県

昭和二十一年一月十五日

ソ連ハバロフスク州ニコラ

イフカ収容所にて戦病死

二十歳

必死で見送り場所を探していると、人のざわめきがひと際高まり、軍靴のザクザクと云う音も聞えて来た。母は、何が何でもこれだけは見せてやりたいの一念で人垣をかき分けて、やっとの思いで前列に進む事が叶った。

前進の隊列を見ると、幸にも端の隊列に兄の顔が見えた。言葉を発する事は出来ないので、兄が母の前を通る時、サーッと卒業証書を広げて見せると、兄がこっくりとうなずいた! アー見せてやれて良かったー。

それから兄は極寒のシベリアに送られ、ハバロフスクの土に埋もれ、再び母の元へ帰ることはなかった。

優しかった兄、絵が上手だった兄、還らぬ兄を待ち続けて六十九年、また近衛兵として出征した上の兄も、終戦間近の七月二十五日に、「天皇陛下万歳」の遺書を残し終命している。

兄の俤《おもかげ》を求めて出る涙の量は計り知れない。

兄が生きて帰らない限り、私達姉妹の戦争は終らない。

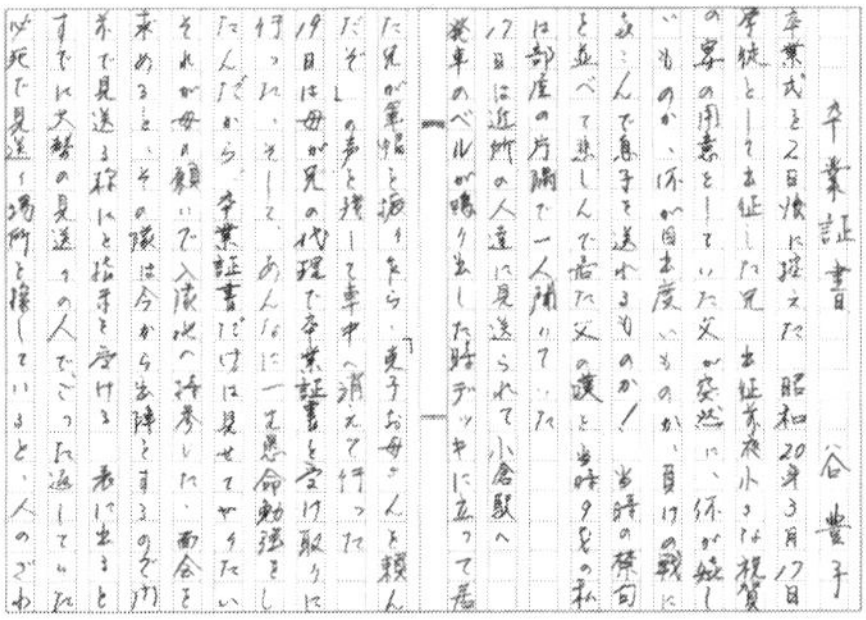
卒業証書

谷 豊子

卒業式を２日後に控えた 昭和20年3月17日
学徒として出征した兄 出征前夜小さな祝賀
の宴の用意をしていた父が突然に、僕が嬉し
いものか、僕が目出度いものか、負けの戦に
喜こんで息子を送れるものか！ 当時の禁句
と並べて悲しんでいた父の涙と当時９才の私
は部屋の片隅で一人泣いていた
17日は近所の人達に見送られて小倉駅へ
発車のベルが鳴り出した時デッキに立って居
た兄が軍帽を振りながら、「恵子お母さんを頼ん
だぞ」の声を残して車中へ消えて行った
19日は母が兄の代理で卒業証書を受け取りに
行った、そして、あんなに一生懸命勉強をし
たんだから、卒業証書だけは見せてやりたい
それが母の願いで入隊地へ持参した。面会を
求めると、その隊は今から出陣とするので門
まで見送る様にと指示を受ける 表に出ると
すでに大勢の見送りの人でごった返していた
必死で見送り場所を探していると、人のごわ

英夫兄さん、四郎兄さんへ

俤は 桜の下の 勇姿かな

とよ子

海軍航空兵曹長

櫻井好造命

茨城県
昭和十三年四月二十六日
中国湖北省孝感にて戦死
二十五歳

孫　梶原京子

「好造さん、私のおじいちゃんへ　好造さんの孫の京子より」

好造さん。おばあちゃんは私が幼い頃から、好造さんの自慢話を愛おしそうに話してくれたものでした。私もお会いした事が無いのに「好造さん」と呼ばせてもらってきました。

好造さんが日中戦争のさなか、昭和十三年四月二十六日に中国上空で、海軍航空隊主席操縦パイロットとして散華されてから七十五年経った平成二十五年八月。病院で九十八歳の誕生日を迎えたおばあちゃんは、寝ている時間が殆どで、好造さんの名前も話もしなくなりました。

寂しく思う私に遥か昔の記憶が甦りました。覚悟して認《したた》めた好造さんの遺書が当時新聞で公になり、立派な人物として称賛されたという話を聞かせてもらった事を。

私は是非その遺書を探し出して読みたいと思い立ちました。前を向いて生きる事に必死だった父に、遺書の内容を伝える事のなかったおばあちゃん、そして私の父の為にも…。そして驚く事が

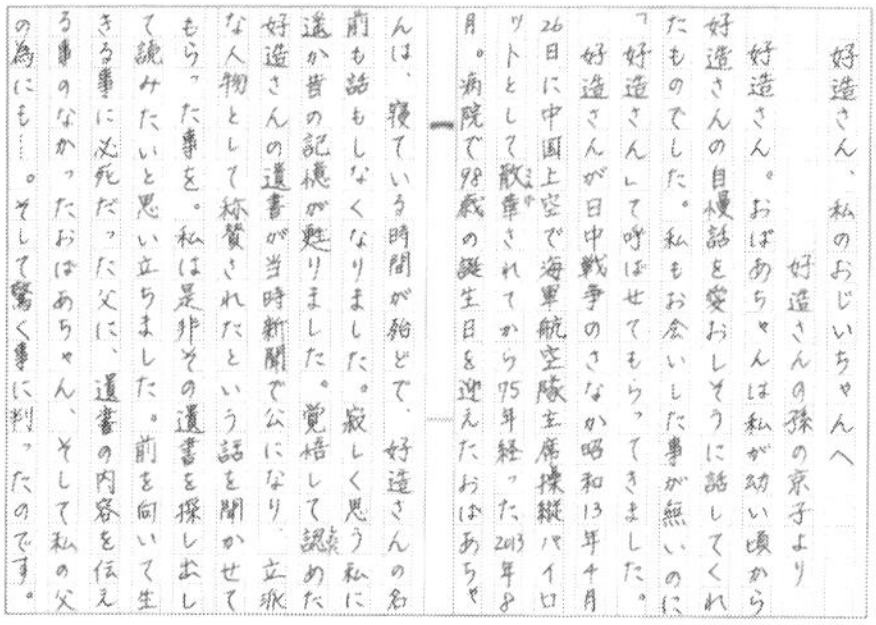
好造さん、私のおじいちゃんへ
好造さんの孫の京子より
好造さん。おばあちゃんは私が幼い頃から好造さんの自慢話を愛おしそうに話してくれたものでした。私もお会いした事が無いのに「好造さん」て呼ばせてもらってきました。
好造さんが日中戦争のさなか昭和13年4月26日に中国上空で海軍航空隊主席操縦パイロットとして散華されてから75年経った2013年8月。病院で98歳の誕生日を迎えたおばあちゃんは、寝ている時間が殆どで、好造さんの名前も話もしなくなりました。寂しく思う私に遥か昔の記憶が甦りました。覚悟して認めた好造さんの遺書が当時新聞で公になり、立派な人物として称賛されたという話を聞かせてもらった事を。私は是非その遺書を探し出して読みたいと思い立ちました。前を向いて生きる事に必死だった父に、遺書の内容を伝える事のなかったおばあちゃん、そして私の父の為にも……。そして驚く事に判ったのです。

判ったのです。

「櫻井好造遺書」は国立国会図書館内でしか見られない貴重な本に載っている事を知りました。私はついに好造さんに会えるかもしれない！　という想いで早速出向きました。そして「妻嘉代子へ」「潔坊へ」という文字が目に飛び込んできた瞬間に「好造さんだ！」と確信しました。

内容を読み、好造さんをとても身近に感じました。好造さんは、おばあちゃんと父に溢れんばかりの愛情と慈しみと気遣いをこめたメッセージを残して逝ったのですね。

誇り高きパイロットとして日本男児として、毅然としてお国の為に戦地へ赴いたのですね。おばあちゃんが父と共に生き抜いてこられたのは、この遺書が支えになったからでしょうね。そして、孫の私が存在するのですね。

その後おばあちゃんの元へ好造さんの写真を持って会いに行くと、おばあちゃんは珍しく起きていて写真を愛おしそうに指で撫でながら話し始めました。「美男子だねえ。戦地へ行く時の写真です。何をやっても一番でした」「冗談ばかり言って笑ってばかりおりました」と穏やかな笑顔で好造さんの自慢をするおばあちゃんを見たのは久しぶりの事でした。

私が遺書を見つけた事を感じ取って満足してくれたのかな。それから間もなく、おばあちゃんは好造さんの元へ旅立ちました。好造さんからの沢山のラブレターが日付順に綺麗に揃えられた大切な箱を残して…。

相思相愛のお二人が、今度こそ天国で永遠にお幸せに。

好造さん、おばあちゃんを宜しく。

海軍中将

大田　實命

千葉県
昭和二十年六月十三日
沖縄県小禄豊見城にて戦死
五十四歳

三女　板垣愛子

「お父様へ」

昭和二十年一月、佐世保白南風町から、沖縄方面海軍根拠地隊司令として赴任の朝、お迎えの車の前に、家族一同が並んでお見送りしたお父様の白手袋の挙手の礼、無言で一人一人に万感の思いのこもったまなざし、あの姿がお父様との一生の別れとなりました。

十七歳だった愛子は、八十六歳となりました。「軍人というのは、明日が知れない命だからね。お父様はお国の為に、後々人に笑われないよう立派な最期を遂げるつもりで居るよ。だからお父様が戦死しても泣かないで、弟や妹の面倒を見てやってくれ。お母様を大切にしてあげてね」と云われた言葉は決して忘れません。

昭和十七年の秋に、タイミングよくお父様が伊勢神宮にお詣りの折、二人で参拝して、宇治山田の宿でゆっくり一泊した時、しみじみと「お母様を大切にしてね」とくり返しての言葉は忘れません。「愛子、お父様は、身も心も清めて戦地に征くから、愛子

もお国のお役に立つような立派な女性になりなさいよ」と云われ、
乙女心に骨身に滲みる言葉と思ってしみじみとお父様の顔を見つ
めたことが昨日のことのようにはっきりと目の前に浮かんで参り
ます。

征くわれと送る子供と大神に　おろがみまつるみいくさのさち

一九四二年昭和十七年秋と私のノートに書いて頂いた短歌は私の
一生の宝物です。

出撃の父見送りし伊勢詣り　静けき宿のひと夜忘れず

再びを還らぬ生命と知りいつつ　吾がつぐ酒にほろ酔いし父

おさげ髪の吾がさす酒にほろ酔いて
　母様を大切にねとくり返す父

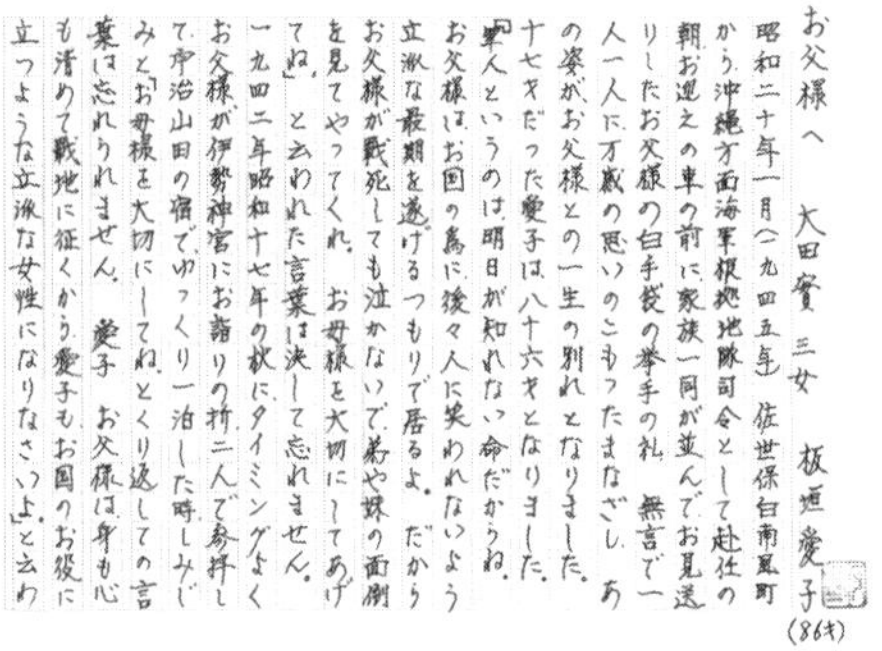
お父様へ　大田實　三女　板垣愛子
（86才）
昭和二十年一月（一九四五年）佐世保白南風町
から沖縄方面海軍根拠地隊司令として赴任の
朝お迎えの車の前に家族一同が並んでお見送
りしたお父様の白手袋の挙手の礼。無言で一
人一人に万歳の思いのこもったまなざし。あ
の姿がお父様との一生の別れとなりました。
十七才だった愛子は八十六才となりました。
「軍人というのは明日が知れない命だからね。
お父様はお国の為に後々人に笑われないよう
立派な最期を遂げるつもりで居るよ。だから
お父様が戦死しても泣かないで弟や妹の面倒
を見てやってくれ。お母様を大切にしてあげ
てね」と云われた言葉は決して忘れません。
一九四二年昭和十七年の秋にタイミングよく
お父様が伊勢神宮にお詣りの折二人で参拝し
て宇治山田の宿でゆっくり一泊した時しみじ
みと「お母様を大切にしてね」とくり返しての言
葉は忘れられません。　愛子　お父様は身も心
も清めて戦地に征くから愛子もお国のお役に
立つような立派な女性になりなさいよ」と云わ

ホームにて見送る吾ににっこりと 敬礼の父の手袋白し

父乗せて離れゆく汽車に手をふりて ホームに一人佇みし吾は

おさげ髪の十四歳の愛子の人生で忘れることのできないひとことを、駄作ですが短歌といたしました。

「沖縄県民斯ク戦ヘリ　県民ニ対シ後世特別ノ御高配ヲ賜ランコトヲ…」と海軍省宛に打電され自決なさったお父様。

四月に生れた四男の弟豊はお父様の顔にそっくりで、「僕だけお父様にお逢いしてない」と云いつつ六十九歳となりました。

毎年沖縄海友会の御厚情で、豊見城海軍戦歿者慰霊之塔前に遺族一同参列して、お父様の遺徳を偲び、心からの感謝を捧げて居ります。

お父様本当にありがとうございました。

陸軍伍長

池田　寛命

高知県
昭和二十年七月三十日
ビルマ・トングー県
ベットキにて戦死
二十六歳

妻　池田　操

私があなたの所にお世話になってから、休みをもらって実家に帰った時。父から「どうだ、うまくやっているか、これはと思うことがあればいつでも帰ってこい。その代わり人を中に立てて、元のさやに帰るようであれば帰ってくるな。気まずい思いをするのは自分だから」と言われたことを憶えています。

あなたしばらくでしたね。いつも見守っていただいて有り難う。毎日毎日元気ですよ。

昭和十九年六月十六日にお国から呼び出され、家を後に出征する事になりましたね。

出発前に「言っておかないといけない事が有る。親は元気で居るし、子供も見てくれるだろうから心配はいらんよ。もしもの時には、良き夫の所へ行って新しい日々を送るようにしてくれ」と言いましたよね。

「何を言いますか。やっと母になる事になった私が、どうして他

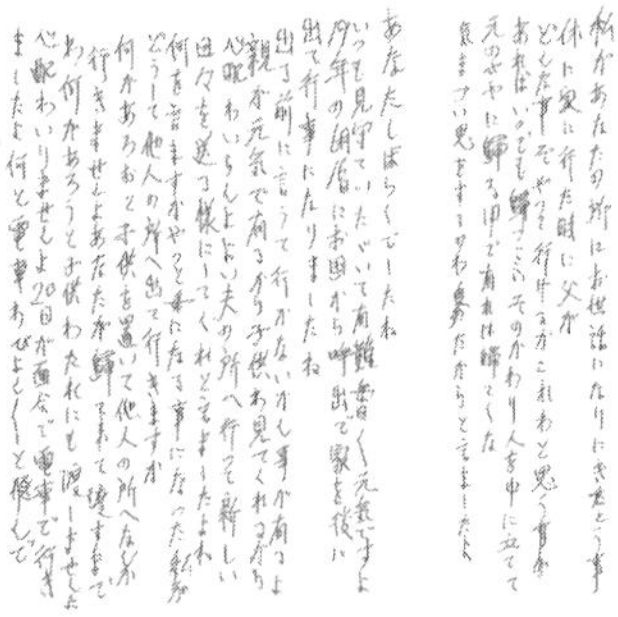

人の所へ出て行きますか。何があろうと子供を置いて他人の所へなんか行きません。あなたが帰って来るまでは、子供は誰にも渡さない。心配はいりません」と思いました。

二十日が面会日で、電車で会いに行きましたね。何と電車は「びゅんびゅん」と飛ぶようにあなたの所まで走りました。それまで電車に乗った事は有りませんでしたから、少々驚きましたが。

あなたと会うまでは心配でしたが、笑顔で面会する事が出来ました。そして帰りも気丈に家路につく事が出来ましたよ。

六月二十三日には、予定より四日早く男の子が産まれ、父が謙一と名前を付けてくれました。謙一は毎日毎日元気で、こんなにうれしい事はありませんでした。ひいばあさんが子供の手足に触ってから、この子はふし合が長いから太るよと言ってくれて安心しました。

息子が小学六年になった時「姑さん、私は自分の家をもって独り立ちしたいのです」と言い出しましたが「やってみいや」ということになり、謙一は分家して自活する事になったのです。本家には、長い間お世話になりました。

　ちょうど、近くの人が田んぼを買わんかと言ってきてくれたので、びっくり。何処と言って見に行きましたら、大きな田んぼの北側に面した形の良い田でありましたので、もちろん買う事にしました。これを逃したら二度と無いと思って、自分のものにしたのです。そこで毎日一生懸命に働きました。私は元気に仕事だけはやる事が出来ましたから、お陰で人並みに生活する事が出来ましたよ。

　あなた、夫や父を亡くした人が、この川内にも十七人おりましたが、今では私一人が残ってしまいましたよ。

海軍上等水兵

倉持勘六郎命

茨城県
昭和二十年四月二十四日
フィリピン・ピナツボ山中
にて戦死
三十四歳

長男　倉持敏夫

「還らぬ父へ」

帰ることのできなかった父上、戦後七十年も経ってしまったよ。国運をかけて戦地に赴く時…あの「三笠」の前で親子五人で面会したのが最後だったね。まだ俺も七歳だったから無邪気そのものだった。

父上は最後に、こう言ったっけな。「敏夫や、おみやげは何がいい」そこで、俺は「おまんじゅう」と答えた。身も震えるこの会話、母上も父上も煮えたぎる血潮が体中をかけめぐる断腸の思いだったろう。

殺気立った世相の中では、溢れる涙もこらえなければならなかった。何と厳しい言葉を言ってしまったことと、今になって後悔しています。

「ごめんな、父さん」。いよいよ出発、海軍ラッパが鳴った。一目散に集合だ。

父上は母上に「じゃ、あとをよろしく頼むよ」、母上はつくり

還らぬ父へ　倉持敏夫

帰ることのできなかった父上、戦後七十年も経ってしまったよ。

国運をかけて戦地に赴く時…あの三笠の前で親子五人で面会したのが最後だったね。まだ俺も七歳だったから無邪気なものだった。父上は最後に、こう言ったっけな。「敏夫や、おみやげは何がいい」そこで俺は「おまんじゅう」と答えた。今も震えるこの会話。母上も父上も熱いただろう血潮が体中をかけめぐる断腸の思いだったろう。殺気立った世相の中では、溢れる涙もこらえなければならなかった。何と厳しい言葉を言ってしまったことと、今になって後悔しています。「ごめんな父さん」。いよいよ出発、海軍ラッパが鳴った。一目散に集合だ。父上は母上に「母あとをよろしく頼むよ」。母上はつくり笑顔で「じゃ身体に気をつけてな」と…。離れてからも、もう一度妻子の顔を見ようと、遠くから振り返って、ドンドンめぐりをしていた父。だけど母上は蘇鉄の木陰に、自分の姿を見せまいと身をかくして、溢れる涙を拭った。やがて俺が大きくなって母上は話してくれた。「そうして未練心を断ち切ってやらなければ、お国のために立派にご奉公できないからだ」と…。それが当時、全国民が一丸となって戦おうとした軍国日本の母の姿だったのです。それから半年して白木の箱が届いた。恐る恐るふたを開けた。でも中には何ら骨のかけらも、髪の毛の一本さえも入っていなかったよ。だから、それからというものは来る日も来る日も、いつかは帰ってくるかも…と待ったけど父上は帰ることはなかった。

笑顔で「じゃ、体に気をつけてな」と…。

離れてからも、もう一度妻子の顔を見ようと、遠くから振り返って、どうどうめぐりをしていた父。だけど母上は、蘇鉄の木陰に自分の姿を見せまいと身をかくして、溢れる涙を拭いた。

やがて、俺が大きくなって、母上は話してくれた。「そうして未練心を断ち切ってやらなければ、お国のために立派にご奉公できないからだ」と…。それが当時、全国民が一丸となって戦おうとした軍国日本の母の姿だったのです。

それから半年して、白木の箱が届いた。恐る恐るふたを開けた。でも、中には何ら骨のかけらも、髪の毛一本さえも入っていなかったよ。だから、それからというものは、来る日も来る日も、いつかは帰ってくるかも…と待ったけど、父上は帰ることはなかった。帰りたくとも帰れなかったんだよね…。無念だったろう。

父帰る夢を枕に五十年

戦後五十年の時、もうこの辺であきらめるべきかと、自分の心に言い聞かせて、気持の区切りをつけた。

更にそれから二十年、父上のやり残した奉仕の精神を俺が代ってやり遂げようと、日々がんばっていますから。

やすらかに、としお

平成二十六年八月十五日

南国に眠る父上へ

海軍上等水兵

倉持勘六郎命

茨城県
昭和二十年四月二十四日
フィリピン・ピナツボ山中
にて戦死
三十四歳

二男　倉持公司

「心の中の父上へ」

戦争ほど残酷なものはない。戦争ほど悲惨なものはない。日本の国運を賭けた戦争。人間として最も尊い命を国のために、父上は海軍として戦場の人に……戦争のために、人生の全てを捧げて戦い、一生を終えた三十六歳だったね。国のために大変な思いで使命を果たした。立派です。

母は夜になっても父は必ず帰って来るとの思いで眠れず、少しでも物音がすると帰って来たかな…とすぐ外に出る。そんな日が長く続いた。

そんな母の切なる心の叫び思いも空しく、父上は帰ることがなかった。父上の必ず帰る、帰りたいとの必死の思いもどうすることもできなかったんだよね。

戦後七十年、今でも父との思い出が鮮明に残っているよ。下駄作りの技術を修得、独立して一生懸命仕事に励んでいる頃、材料となる桐の木を買いに大八車で一緒に行った…。帰りは積み上げ

心の中の父上へ
戦争ほど残酷なものはない 戦争ほど悲惨なものはない 日本の国運を
賭けた戦争 人間として最も尊い命を国のために 父上は海軍として
戦士の人に…戦争のために 人生の全てを捧げて戦い一生を終えた
三十六歳だったね 国のために大変な思いで使命を果たした 立派です
母は夜になっても 父は必ず帰って来る と思って眠れず 少しでも物音が
すると帰って来たかな…とすぐに外に出る そんな日が長く続いた
そんな母の切なる心の叫び思いも空しく 父上は帰ることがなかった
父上の必ず帰る帰りたい と必死な思いもどうすることもできなかったんだよね
戦後七十年 今でも父との思い出が鮮明に残っているよ 下駄作りの
技術を修得 独立して一生懸命 仕事に励んでいた頃 材料となる
桐の木を買いに一緒に行った帰りは 積み上げた桐の木の上に乗り
喜んでいた…ありがとう 仕事場では御飯を潰してのりを作るのを
良く見ていた ある時 風邪を引き おんぶしてくれた時 父上の
背中の温もりがすごく気持よかったんだ 嬉しかったなー
中学を卒業 社会人となり上京 八百屋の小僧になる 八年間修業して独立
特に自家製の漬物が好評で商売繁盛した これは父上の物作りの血統が
潜在能力として発揮されたものだね 父の子で良かった 感謝です
自宅も購入することが出来て幸せです 安心してね

た桐の木の上に乗り、喜んでいた…ありがとう。

仕事場では御飯を潰してのりを作るのを良く見ていた。ある時、風邪を引き、おんぶしてくれた時、父上の背中の温もりがすごく気持よかったんだ。嬉しかったなー。

中学を卒業、社会人となり、上京、八百屋の小僧になる。八年間修業して独立。特に自家製の漬物が好評で商売繁盛した。これは父上の物作りの血統が潜在能力として発揮されたものだね。父の子で良かった。感謝です。

自宅も購入することが出来て幸せです。安心してね。

師の言葉に「平和ほど尊きものはない。平和ほど幸福なものはない。平和こそ人類の進むべき根本の第一歩であらねばならない」とある。

これからの人生、父上の分まで日本の平和、世界の平和のために公司の使命を果たすために頑張ります。

父上への感謝を忘れないで、今も胸の中に生きている父上に何でも話していくからね。楽しみに。

我が人生　父との対話　生き甲斐に

平成二十六年八月十五日

公司

天国の父上へ

海軍二等機関兵曹
松井　登命

富山県
昭和十九年六月七日
フィリピンにて戦死
二十八歳

妻　松井恵美子

「あなたへのお手紙」

あなたを横須賀の海へ語る言葉もなく送ってから七十年になります。

私もうすぐ九十三歳になります。七十年祭で県の護國神社へ、六月神楽祭、八月みたま祭、行灯を奉納してお参りして来ました。歩けなくなってから一人の外出は出来ないのに、嬉しく安堵しました。

終戦の月になると戦争が話題になります。私は親子三人はじめて新天地上海の暮しに張切っていたのに、二カ月で夢は破れました。

昭和十六年十二月八日未明、真珠湾突入。アパートの前の北四川路を陸戦隊がガーデンブリッヂを越えて共同租界に入り、黄浦江では火の手が上り、戦争を覚悟しました。貴男は危険だ帰国しろ、私は一緒に、と押問答の末、クリスマスの晩に、子供を背に暗い港から長崎丸に乗せられ、心細く不安に一睡もせず長崎へ上陸し、故郷へ帰りました。

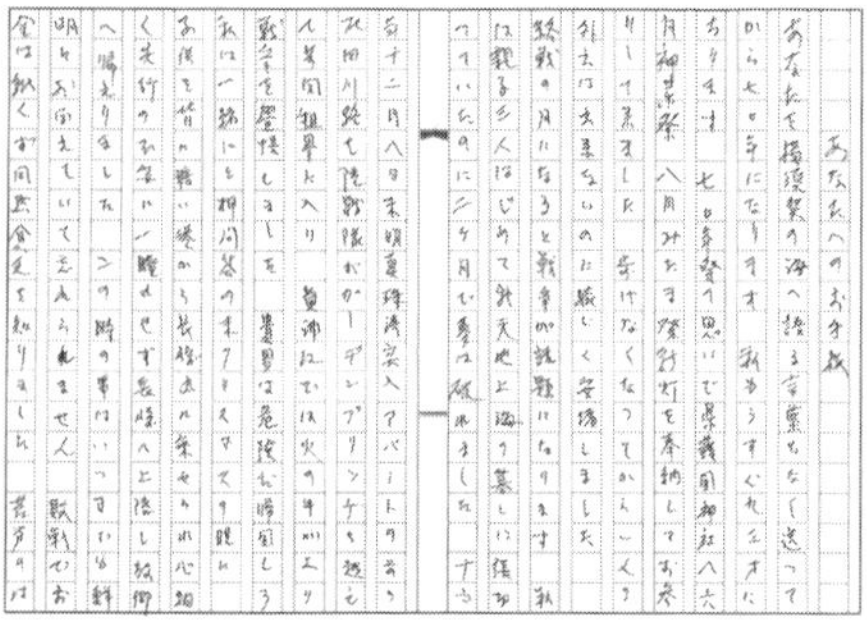
あなたへのお手紙

この時の事はいつまでも鮮明におぼえていて忘れられません。敗戦でお金は紙くず同然、貧乏を知りました。苦労のはじまりです。

幾山河越えて平和と繁栄の日本になり、お陰で私共の生活にも安定と余裕が出来、貴男が出征した家の前に四十五年に新築して、母と二人で供養して来ました。父も貴男のあと、すぐサイパンの海で戦死していました。

母がなくなり十五年経ちます。貴男を知っているのは私と妹だけです。私の最後は妹の娘にまかせてあり、お墓も隣どうしで心配はいりません。

昭和五十五年から平成十三年最後まで、八回の洋上慰霊祭の航海をして、みたま安かれと英霊に感謝の祈りを捧げて来ました。

平成元年駆逐艦「早波」の最後の場所セレベス海で慰霊祭を行い、タウイタウイ島の島影が見えました。やっと貴男に逢えた気がして、嬉し涙で名残惜しく甲板に立ちつくしていました。

「早波」の情報は、当日パラオから乗り、タウイタウイ島で下りた方から、艦は何の不自由もなく一瞬の出来事だから幸せかもとなぐさめられました。

　又沈没させられた米潜「ハーダ」を攻撃した海防艦の方から、敵討したのだからとの便りもいただき、消息不明の方も大勢いるのに幸せです。

　舞鶴の碑、三ヶ根山、伊良湖岬の碑の祭礼に元気な時は参列して来ました。

　永遠の別れとも思わず、話もせず姿も見えない。

　横須賀の海、口惜しさ一杯だったのに、海浜公園となり、海軍の碑も建ち、除幕式に参列した「三笠」の船上でパーティーがありました。

　現在ひとり暮らし、体は不調ですが何とか生活しています。来年は富山に新幹線、叶う事ならもう一度靖國神社へ。はかない夢を持っています。

海軍上等水兵

田邉忠吉命

千葉県
昭和十九年八月二日
テニアン島にて戦死
二十九歳

長女　藤沼順子

「天国のお父さんへ」

私が母のお腹にいる時、出征したお父さん、娘の順子です。解りますか？

幼いころ、どうして私にはお父さんがいないの？　と母に聞いたら、順子のお父さんはお星様になったのよと、聞かされました。夜空を見上げては大きく輝く星をみつけ「お父さ～ん」と叫んでいた声、聞こえましたか。

平成二十三年四月、母はそちらへ旅立ちましたが、今、一緒ですか。

私が小学校二年の夏休み、母は再婚しました。あの頃、ＮＨＫのラジオから流れる尋ね人の時間に熱心に耳を傾けていた母の姿を思い出します。きっとお父さんが生きて帰り、私達を捜しているのではと思っていたのかも知れません。遺族年金が一年早く支給されていたらと悔やんでいた事も知っていました。

母は亡くなる数年前からお父さんの話をよくしてくれました。

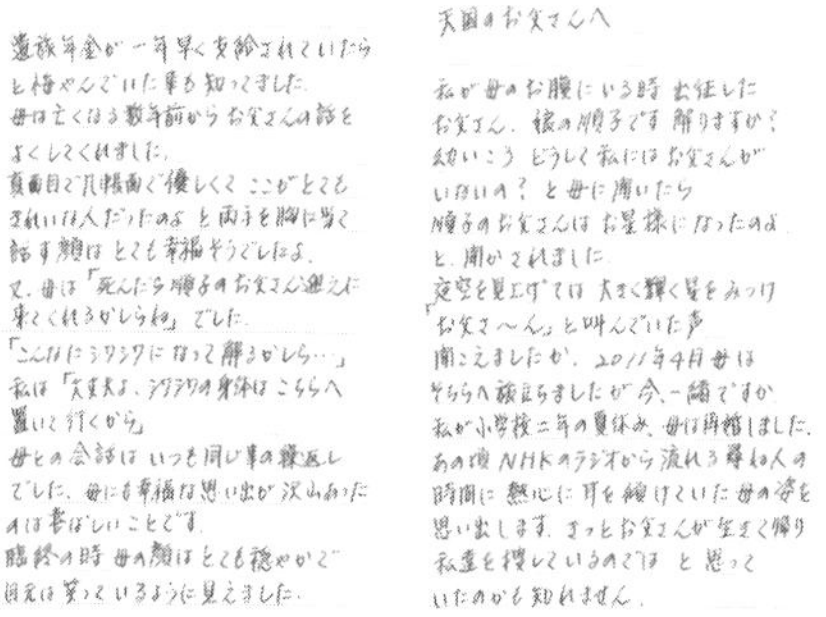

天国のお父さんへ

私が母のお腹にいる時出征した
お父さん。娘の順子です解りますか？
幼いころどうして私にはお父さんが
いないの？と母に聞いたら
順子のお父さんはお星様になったのよ
と、聞かされました
夜空を見上げては大きく輝く星をみつけ
「お父さ～ん」と叫んでいた声
聞こえましたか。2011年4月母は
そちらへ旅立ちましたが今一緒ですか
私が小学校二年の夏休み、母は再婚しました。
あの頃NHKのラジオから流れる尋ね人の
時間に熱心に耳を傾けていた母の姿を
思い出します。きっとお父さんが生きて帰り
私達を探しているのでは と思って
いたのかも知れません。

遺族年金が一年早く支給されていたら
と悔やんでいた事も知ってました。
母は亡くなる数年前からお父さんの話を
よくしてくれました。
真面目で几帳面で優しくて ここがとても
きれいな人だったのよ と両手を胸に当て
話す顔はとても幸福そうでしたよ。
又、母は「死んだら順子のお父さん迎えに
来てくれるかしらね」でした。
「こんなにシワシワになって解るかしら…」
私は「大丈夫よ、シワシワの身体はこちらへ
置いて行くから」
母との会話はいつも同じ事の繰返し
でした。母にも幸福な思い出が沢山あった
のは喜ばしいことです。
臨終の時 母の顔はとても穏やかで
目元は笑っているように見えました。

「真面目で、几帳面で、優しくて、ここがとてもきれいな人だったのよ」と両手を胸に当て話す顔はとても幸福そうでしたよ。

又、母は「死んだら順子のお父さん、迎えに来てくれるかしらね」でした。「こんなシワシワになって解るかしら…」私は「大丈夫よ、シワシワの身体はこちらへ置いて行くから」。

母との会話はいつも同じ事の繰返しでした。母にも幸福な思い出が沢山あったのは喜ばしいことです。

臨終の時、母の顔はとても穏やかで目元は笑っているように見えました。天国のお父さんが迎えに来てくれたのだと確信し、不思議な気持ちになりました。病室の天井を見上げ、心の中で良かったねと呟いていました。

私が、そちらに行った時には本当の家族を赤ちゃんからやり直したいです。

その時は宜しくね。お父様。

順子より

海軍兵曹長

谷 太市郎命

京都府
昭和十九年八月七日
フィリピンにて戦死
二十九歳

長女　辻井武子

「まだ会ったことが無いお父ちゃんへ」

戦後六十九年、お父ちゃんは来月で百歳ですね。お母ちゃんは今九十三歳、私は七十二歳になっています。

お母ちゃんは、今までよく頑張ってきましたよ。長年よく働き、ボランティア活動もし、武子はお父ちゃんが残してくれた「宝物」と言って、精一杯の愛情で育ててくれました。

辛い事もあったはずなのに、お母ちゃんから苦労話は聞いた覚えがありません。すべてプラス思考で生き抜いて来た人です。今でも新聞も本も読み、元気で旺盛な食欲と知識欲。耳は遠いが「私に世間の色々辛い事を聞かさない為の神仏の御配慮やと思っている」と。

脚が痛くて歩きにくいのは、「外を一人で自由に歩き回ってこけてもあかんし、行先わからん位に遠くへ行ったら皆んなに迷惑がかかるし、そんな事にならんが為に、神仏はちゃんと足留めしてくれたはるんや。守って頂いて有難い」と、すべてこの調子で

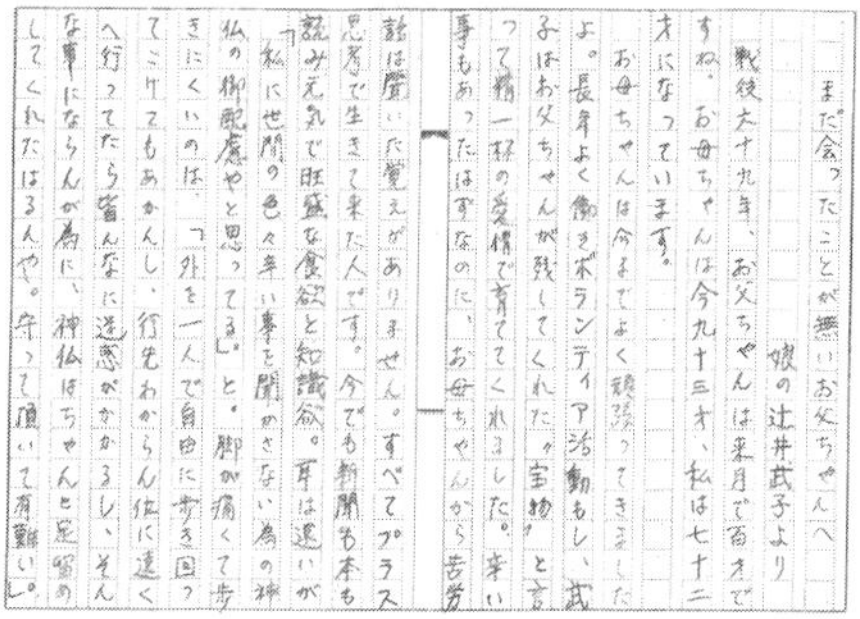

まだ会ったことが無いお父ちゃんへ
娘の辻井武子より

戦後六十九年、お父ちゃんは来月で百才ですね。お母ちゃんは今九十三才、私は七十二才になっています。

お母ちゃんは今までよく頑張ってきましたよ。長年よく働きボランティア活動もし、武子はお父ちゃんが残してくれた"宝物"と言って精一杯の愛情で育ててくれました。辛い事もあったはずなのに、お母ちゃんから苦労話は聞いた覚えがありません。すべてプラス思考で生きて来た人です。今でも新聞も本も読み元気で旺盛な食欲と知識欲。耳は遠いが「私に世間の色々辛い事を聞かさない為の神仏の御配慮やと思ってる」と。脚が痛くて歩きにくいのは「外を一人で自由に歩き回ってこけてもあかんし、行先わからん位に遠くへ行ってたら皆んなに迷惑がかかるし、そんな事にならんが為に、神仏はちゃんと足留めしてくれたはるんや。守って頂いて有難い」。

す。この価値観を引きついで、私も例外はあれど、常に笑顔で暮すようにしています。

朝一番に私の顔を見て、「あんたがいてくれるから私は生かせてもらえるんやで。幸せ家族と一緒に居られて、私はお父ちゃんに感謝してる」と両手を合わせて、いつもの言葉を言わはるので、私も心の中で「お父ちゃん、私をこの世に送り出してくれて有難う」という気持ちで合掌します。

お父ちゃんは天国からニコニコして、この母と娘の光景を眺めて下さっている事でしょう。

私は一人っ子で、結婚して姓は変わりましたが、お母ちゃんと私ら夫婦は同居しています。夫もお母ちゃんをいたわってくれます。私らには子供が三人と孫が二人いますが、お父ちゃんの直系の子孫が、この宇宙でずっと続いて行く事を楽しみにしていて下さいね。

わずか一カ月余りの舞鶴での新婚生活の後、お母ちゃんは自分の実家でお父ちゃんのお帰りを待つ事になり、私は祖父母やおじおば達、勢揃いの家に生まれてきて、皆にかわいがられて育った為、寂しい思いはした事がありませんが、戦時中にお父ちゃんとお母ちゃんが交わされた何十通もの手紙を読んで「私にもお父ちゃんがいたんや！　こんなステキなお父ちゃんに一目でも会いたかった！」と思いました。

戦争の為に引き裂かれた若い二人に深い同情を覚えました。又、愛しい我が子を一目も見ずフィリピン・モロ湾の海に沈んでしまったお父ちゃん。どんな気持ちで最後の瞬間を迎えられたか。想像するだけでも胸が痛みます。

ああ戦争は絶対起してはなりません！

世界恒久平和を心底祈ります！

陸軍中将

山崎保代命

山梨県
昭和十八年五月二十九日
アリューシャン列島アッツ島にて戦死
五十一歳

「お父さまへ」

二女　花岡正子

昭和十八年二月二十三日、雪深い越後の高田駅から、下り列車の最後部に立ちホームの沢山の見送りの方々に挙手の礼をして去って行かれたお父さん。隣接の日枝神社の森の雪が、ザザザーと音を立て、落ちたのを今でも鮮明に覚えています。

当時は軍事機密で、お父さんは北方方面の戦場としか聞かされていませんでしたが、お母さんは寒冷地では、と懸命に集めた硬い鰹節を軍用行李に詰め、私物は温かい下着位。私は富士山の絵ハガキをそっと入れておきました。鰹節はお役にたったでしょうか。

子煩悩のお父さんは、末っ子の私を「親と一緒に過ごせるのが短いから」と兄から揶揄される程可愛がって下さり、冬の寒い夜は蒲団に一緒に寝て暖め、お伽話をして寝かし付けて下さったその温もりを思い出します。

お父さんは雪の降る寒い晩は、皆んな揃って頂ける鍋物がお好きでしたね。

お父さまへ　花岡正子

昭和十八年二月二十三日、雪深い越後の高田駅から、下り列車の最後部に立ち、小山の沢山の見送りの方々に挙手の礼をして去って行かれたお父さん。隣接の日枝神社の杉林の雪がサッサーと音を立てて落ちたのを今でも鮮明に覚えています。

当時は軍事機密で、お父さんは北の方面の戦場としか聞かされていませんでしたが、お母さんは寒冷地だけと懸命に集めた硬い鰹節を慰問袋に詰め、私物は暖かい下着。私は富士山の絵をかいて入れておきました。

鰹節はお役にたったでしょうか。

子煩悩のお父さんは、まだ子供の私と親と一緒に過ごすのが短いからと、よく膝にのせて一層可愛がって下さり、冬の寒い夜は布団に一緒に寝て暖め、お伽話をよく読んで聞かせて下さった。その温かさを思い出します。

お父さんは雪の降る寒い晩は、質素な摘んで煮た鍋物がお好きでしたね。そんな時、ふと箸を置かれ、隊に電話を掛け「今夜は風も強いし寒いから充分火の用心をし、営倉の兵は特に寒いだろうから水筒に熱い湯を入れて差し入れるように」と、いつも兵隊さんの事は気に掛け、その親御さんの気持ちになって大切にしておられるのが、子供の私でも良く分かる出来事がいろいろありました。

昭和十八年五月三十日、夕方七時のラジオニュースでお父さまがアッツ島守備部隊長として戦死なさった事を初めて知らされました。

そんな時、ふと箸を置かれ、隊に電話を掛け「今夜は風も強いし寒いから充分火の用心をし、営倉の兵は特に寒いだろうから水筒に熱い湯を入れて差し入れるように」といつも兵隊さんの事は気に掛け、その親御さんの気持ちになって、大切にしておられるのが、子供の私でも良く分かる出来事がいろいろありました。

昭和十八年五月三十日、夕方七時のラジオニュースでお父さまがアッツ島守備部隊長として、戦死なさった事を初めて知らされました。

お父さんはアッツ島に着任して懸命に空港の建設をなさったと伺いましたが、日本からの食糧、弾丸等の補給も無い戦いで、若い兵隊さんや部下の方々の戦死をどんなにか切なく断腸の思いで有られた事かと、親になった私には痛い程分かります。

毎年五月末の日曜日にアッツ島遺族会が靖國神社に参集し、慰霊祭と懇親会をしておりますが、もう未亡人の方のお姿は無く、遺児も七十歳以上の高齢となりました。

靖國神社遊就館特別展「大東亜戦争七十年展」を拝観させて頂

いた折、お父さんの写真の下に書かれた文字に目を見張りました。

「兵の名前と顔を一カ月で覚え、一人一人に声をかけて回り、分け隔てなく部下に接するその人柄に、皆感激して奮い立った」と。

生還なされた方の証言かと思いますが、私は初めて知り、兵隊さんを大切に思うお父様のお気持とそのご苦労に頭が下がりました。

皆様の御冥福を祈り乍ら　さようなら。

陸軍少佐

山口　正命

東京都
昭和二十年八月四日
フィリピン・ネグロス島
にて戦死
二十二歳

「靖國神社のべえちゃんに」

妹　山口　和

「ベイビィが生まれなさった」と言ったお手伝いさんの言葉が受けて、「べえちゃん」と呼ばれるようになったんですってね。

妹の和は、七年後に生まれたので、もの心ついた頃には、航空士官学校を卒業して満洲に行くような時期になっていました。

出発の日、母と東京駅に見送りに行くと、同期生と二人で窓側に座っていましたね。

それを見届けると母は、「さ、帰ろう」と言いました。私は見えなくなるまで見送ると思っていたのに、私の手を引いて歩き出しました。そして、有楽町の駅まで歩こうと黙々として改札口を出ました。

有楽町駅のホームで電車を待っていると、なんとそこに、べえちゃん達を乗せた列車がゆっくりゆっくりやって来ました。母は、「二度送ったから、もう生きては会えんね」と言いました。べえちゃんは、あの時、どう思っていたの。

靖国神社のべえちゃんに
妹の　山口　和から
「ベイビイが生まれなさった」

と言ったお手伝いさんの言葉がうけて、「べえちゃん」と呼ばれるようになったんですってね。妹の和は、七年後に生まれたのでもの心ついた頃には、航空士官学校を卒業して満洲に行くような時期になっていました。

出発の日、母と東京駅に見送りに行くと、同期生と二人で窓側に座っていましたね。

それを見届けると母は、

「さ、帰ろう」

と言いました。私は見えなくなるまで見送ると思っていたのに、私の手を引いて歩きだしました。そして、有楽町の駅まで歩こうと黙々として改札口を出ました。

有楽町駅のホームで電車を待っていると、なんとそこに、べえちゃん達を乗せた列車がゆっくりゆっくりやって来ました。母は、

月日が経って、戦争は終りました。私は家の前の道に出て、軍服姿のべえちゃんの帰るのを待ちました。

「『今日も帰って来なかった』と、和が言っている」と、父が母に言っているのが聞こえました。

夏休みのある日、友達の家から帰って来てほっとしていると、夕食の支度をしている母が言いました。

「べえちゃん、戦死したって。かわいそうに」母にとって三番目の息子が、どれ程かわいく大切であったかを強く感じ、母がかわいそうで、背中を見たまま何も言えませんでした。

暫らくして、白い小さな箱が届きました。「こんな小さな箱に入れるわけがない。べえちゃんはどこへ行ったの」と、私は叫びました。

べえちゃん、お母さんが傍にいたら、あの強さで、何としてでも日本に連れて帰って来たと思うの。そして、好きなものを沢山作って食べさせ、元気にしたに違いない。そういうお母さんだもの。白い箱になったべえちゃんの、満洲に行く前に切った髪と爪は、

お母さんに抱かれて仏様になりました。

妹の私は、ひょっとしてべえちゃん帰って来るかもしれないから、八十路をゆっくり歩いて待っています。

陸軍大尉

稲永一馬命

福岡県

昭和十九年九月四日

ビルマ竜陵南方八粁にて戦死

二十六歳

「稲永一馬命」

妻　稲永慧子

背の君と申すも畏し君は、すでに靖國の神と鎮まりましますす。あなたとお別れして約七十年たちました。そして私は九十四歳になりました。いつも無音に過し失礼ばかり致しておりますがおゆるし願います。

御縁で私が稲永家に入ったのが、昭和十四年でした。御両親に可愛がられ、あなたに御指導いただき、何とか妻の座を守って参りましたが、やがてあなたに召集令状が来ましてから、すべての歯車が狂いはじめ、家族の緊張は大へんなものでした。

あなたは将校としての任務を果たされることになり、二度目の召集で双波高地の露と消え果てられました。

あなたはすばらしい方で、他の人にやさしく、自己に厳しい方であったと今でも私の脳裏に焼きついています。

あなたを失った私のそれからは、ひとりぽっちです。そして稲永家に私ただひとり。それでも、悲しみに打ちひしがれることな

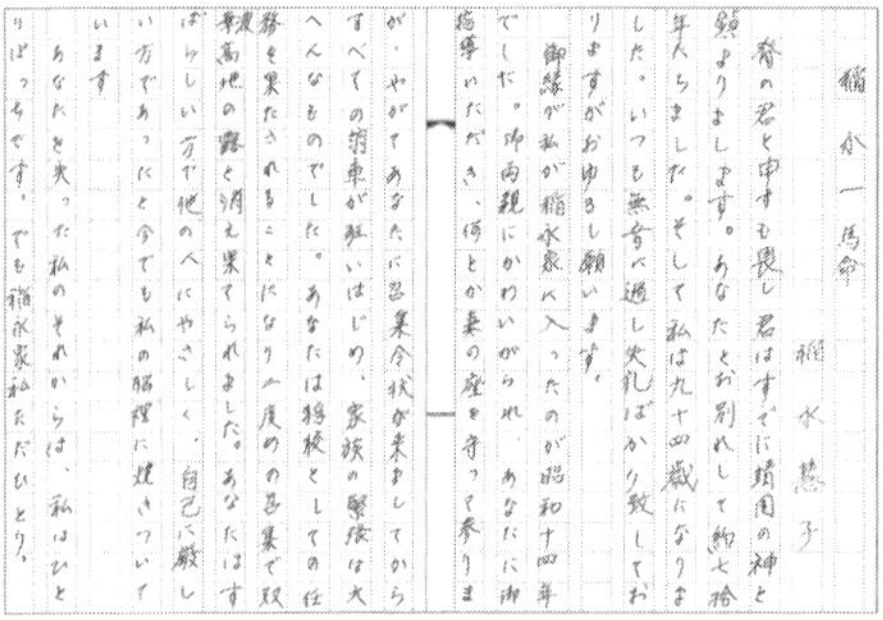
稲永一馬命　　稲永慧子

　脊の君と申すも畏し君はすでに靖国の神と顕りまします。あなたとお別れして約七拾年になりました。そして私は九十四歳になりました。いつも無音に過し失礼ばかり致しております、がおゆるし願います。

　御縁が私が稲永家へ入ったのが昭和十四年でした。御両親にかわいがられ、あなたに御指導いただき、何とか妻の座を守って参りましたが、やがてあなたに召集令状が来ましてからすべての約束が狂いはじめ、家族の緊張は大へんなものでした。あなたは将校としての任務を果たされることになり二度めの召集で[illegible]高地の露と消え果てられました。あなたはすばらしい方で他の人にやさしく、自己に厳しい方であったと今でも私の脳裡に焼きついています

　あなたを失った私のそれからは、私はひとりぼっちです。でも稲永家私ただひとり。

く、敢然と我が道を行くよう、私の夢枕に立って教えて下さったのです。ありがとうございましたと心の底からお礼申し上げたほどです。

世の中は戦後で、我が家が頼りにしている余米も入って来ないような農地改革で、全然あてにならず途方にくれました。しかし、よく考えてみると、私は教師になる資格があることにやっと気がつきました。当時教員不足の状態で、私の所にも二〜三校から御依頼が来たほどです。しかし、私が学校に出ることを、いちばん嫌がっていらしたあなたの事を考え、躊躇しましたが、かわいそうに思われたのか、あなたが夢に出て来られ、私の教師生活に賛成の意向を洩らして下さいましたので、おかげ様でせいせい堂々と復帰しました。

教職に三十余年復帰して、悠々自適の生活です。

あなたの遺書の最後にあった

慧　うすき縁　来世にて結ばん

海軍二等兵曹

飯島末吉命

茨城県
昭和十九年二月二日
横須賀海軍病院にて戦病死
三十三歳

「末吉じいちゃんへ」

孫　瀧本香織

お元気ですか？　毎晩気の合う仲間と酒盛りしてるかな。私は、もうじいちゃんよりも長く生きているよ、いつの間にか年上です。

子供の頃、ばあちゃんの部屋に飾ってあった一枚の写真、軍服姿の若い男の人、この人があなたのじいちゃんなのよって教えてもらった。それでじいちゃんが戦争で亡くなったと知りました。

ばあちゃんはあまり戦時中の体験の話をしてくれなかったけど、ばあちゃんがじいちゃんの所へ旅立って数年経ち思う事。三十歳で夫を亡くし、まだ幼い子供達を育てていかなければならなかった女性の想い、そしてその姿をじいちゃんはどんな想いで天国からみていたのかな。

今の時代と昔はあまりに違いすぎ、どれほど壮絶な事か私には想像できません。あまりに辛くて口にする事も出来なかったんだろうなって大人になった今思うし、涙が溢れちゃう事だよね。

今、平和な時代に生きていられるのも、じいちゃんやじいちゃ

末吉じいちゃんへ

お元気ですか？毎晩気の合う仲間と酒盛りしてるかな。私は、もうじいちゃんよりも長く生きているよ、いつの間にか年上です。子供の頃、ばあちゃんの部屋に飾ってあった一枚の写真、軍服姿の若い男の人、この人があなたのじいちゃんなのよって教えてもらった。

それでじいちゃんが戦争で亡くなったと知りました。ばあちゃんはあまり戦時中の体験の話してくれなかった。だけど、ばあちゃんがじいちゃんの所へ旅立って数年過ぎ思う事、三十才で夫を亡くし、まだ幼い子供達を育てていかなければならなかった女性の想い、そしてその姿をじいちゃんはどんな想いで天国からみていたのかな。今の時代と昔はあまりに違いすぎ、どれほど壮絶な事が私には想像できません。あまりに辛くて口にする事も出来なかったんだろうなって大人になった今思うし、涙が溢れちゃう事だよね。今、平和な時代に生きていられるのも、じいちゃんやじい

んの仲間の方々のおかげです。

じいちゃん、ばあちゃんと六十年ぶりに再会できた？　二度目の新婚生活楽しんでますか？　一度目は数年だったから…離れ離れになっていた時間が長かったから、沢山おしゃべりしているんだろうね。

逢いたかった事でしょう。二人の笑っている姿が目に浮かびます。じいちゃん、ばあちゃんの好きだった食べ物教えてもらった？あずきのアイスとピザを一緒に食べているかな？「私これ好きなのよ、あなたも食べてみて、戦時中はこんな美味しい物なかったものね」「こりゃ美味い」ってじいちゃん目丸くしている…。「そうでしょう、そうでしょう」ってばあちゃんの事だから得意げな笑顔でしょうね。

これからは二人一緒に今まで出来なかった事や、全国各地美味しい物食べながら旅行もいいんじゃないかな。

離れてた時間をうめるように、いつまでも二人仲良く、ゆっくり暮らしてね。

孫の私が一緒に暮らすまではまだ少し時間があると思うから、
それまでラブラブな時を過ごしてね。
離れていても大切な家族です。天国で逢える時まで、沢山お話できるように、私の人生も頑張ります。じいちゃんに胸はって会えるようにね。
いつも、見守ってくれてありがとう。

海軍上等水兵
髙橋貞造命

埼玉県
昭和二十年三月十七日
硫黄島にて戦死
三十四歳

孫　前田真佐美

「三十四歳のおじいさんへ」

おじいさん、今いる場所は穏やかですか？　隣でおばあちゃんは笑っていますか？

おふたりが万国橋で別れて七十年がすぎましたね。私はあの時、おばあちゃんのお腹にいた子を父にもつ、おじいさんの孫娘です。十一番目の孫になります。

平成二十年には、六十四年ぶりのおばあちゃんとの再会で、たくさんの話を聞いたと思いますが、孫娘からもここに、言葉では言い尽くせない感謝の想いを伝えます。

ほんのわずか七十年前、劣悪な環境下で来る日も来る日も壕を掘り、とにかく水がなく食料もない中で耐えに耐え、祖国日本のためにと戦い抜いてくださったおじいさん、本当にありがとうございました。

言葉少ないおじいさん、「戦友たちあってこそ」と微笑んでいるでしょうか。

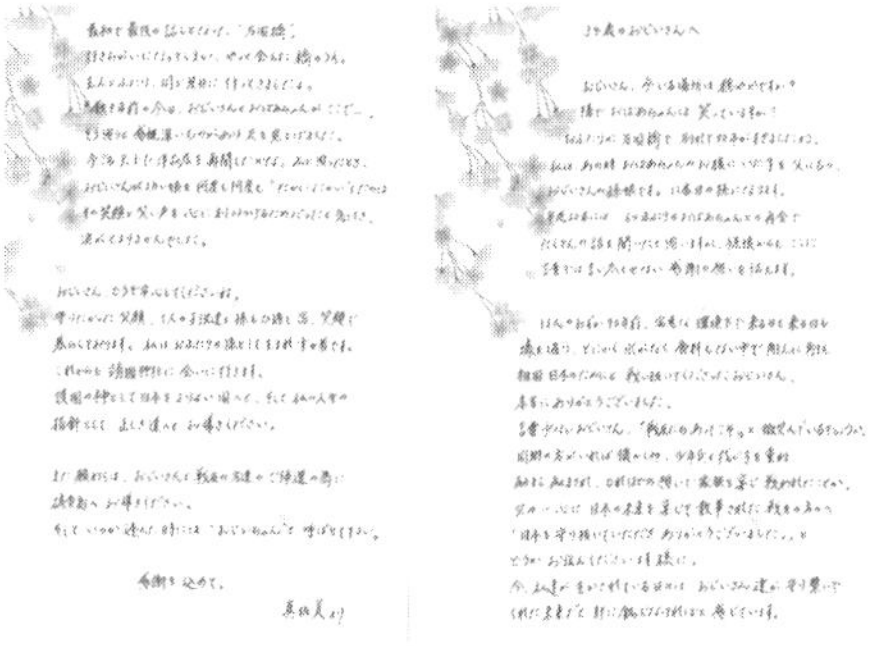

同郷の方がいれば懐かしみ、少年兵と我が子を重ね、励まし励まされ、どれほどの想いで家族を案じ、戦われたことか。只々一心に日本の未来を案じて散華された戦友の方々へ「日本を守り抜いていただきありがとうございました」と、どうかお伝えくださいます様に。

今私達が生かされている日々は、おじいさん達が守り繋いでくれた未来だと肝に銘じなければと感じています。

最初で最後の話しとなった「万国橋」。行きちがいになってしまい、やっと会えた橋のうえ。主人と二人、同じ月日に行ってきましたよ。数十年前の今日、おじいさんとおばあちゃんがここで…そう思うと感慨深いものがあり、天を見上げました。

今ごろ天上で洋品店を再開したかな。ふと思ったとき、おじいさんが幼い娘を何度も何度も「たかいたかい」したのは、その笑顔と笑い声を心に刻みつけるためだったと気付き、涙がとまりませんでした。

おじいさん、どうぞ安心してくださいね。

守りたかった笑顔、五人の子供達と孫もひ孫も皆、笑顔で暮らしております。私はおふたりの孫として生まれ幸せ者です。

これからも靖國神社に会いに行きます。

護國の神として日本をよりよい国へと、そして私の人生の指針として正しき道へとお導きください。

また願わくは、おじいさんと戦友の方達のご帰還の為に硫黄島へお導きください。

そしていつか逢えた時には「おじいちゃん」と呼ばせて下さい。

感謝を込めて

真佐美より

陸軍曹長

川北偉夫命

京都府
昭和十九年十月十八日
ビルマ・サガイン州メザ野戦病院患者収容所にて戦病死
二十六歳

妻　川北千代子

「遠い国の偉夫様へ」

七十二年前の貴方の遺言を守って、私は、生きて来ました。「私の亡き後」「あく迄川北家に踏み止って」の教えです。

今私は八十八歳になりました。一人で生きた事を誇りに思っています。

さて、今年の夏は多忙で、私にとってひときわ暑い夏でした。

①七月十二日は、月の第二土曜日でした。一二八ビルマ会恒例の月参りの日で、京都霊山護國神社に参拝。

②七月十三日（日）は戦中、戦後の語りべとして京都四條のアパホテルでお話会。

③七月十八・十九・二十日の三日間は高野山にお参り致しました。二年前から始めた写経が二千枚に達しましたので、「ミャンマー」に御縁の深い、成福院に納経の為参拝致しました。

④七月二十三日・二十四日は東京靖國神社参拝。平成十九年に奉納した、貴方の遺書が公開展示されるとの連絡を遊就館より受け

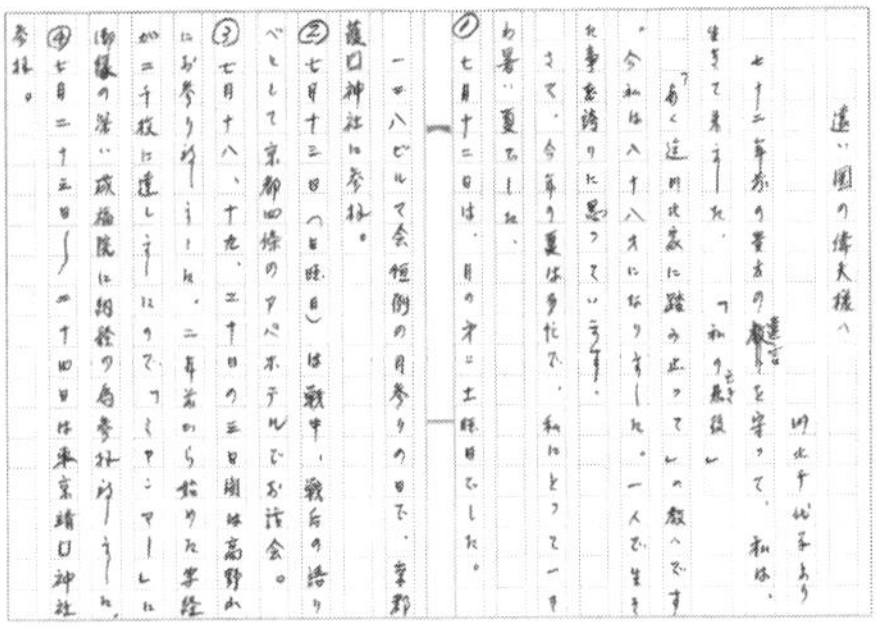
遠い国の偉大様へ
以北千代子より
七十二年前の貴方の遺言を守って、私は、
生きて来ました。「私の最後を
長く辻村家に踏み止って私の教へです
」今私は八十八才になりました。一人で生き
た事を誇りに思っています。
さて、今年の夏は多忙で、私にとって一生
お暑い夏でした。
①七月十二日は、月の末に土曜日でした。
一四八ビルで会恒例の月参りの日で、京都
護国神社に参拝。
②七月十三日（日曜日）は戦中・戦后の語り
べとして京都四條のアパホテルでお話会。
③七月十八、十九、二十日の三日間は高野山
にお参りしました。二年前から始めた写経
が二千枚に達しましたので「ミヤコマーレ」に
御縁の深い成福院に納経の為参拝しました。
④七月二十三日〜二十四日は東京靖国神社
参拝。


ましたので、貴方に面会する様な気持で上京致しました。会場でその大切な遺書を拝見した私は、絶句してしまいました。

大切に保管されていたのであろう品物の、あまりの変質にびっくり致しました。暫らく、言葉もなく眺めていましたが、ハッと目が覚めました。

お別れした時、私はまだ十代の若さでしたが、今は八十八歳。髪は真白、遠出の時は、杖が頼り、七十年以上過ぎた遺書が古びて当然との思いに至りました。

もう一つ、永い間私の心に蟠《わだかま》っていた文字があるのです。「遺書」の遺なのです。お聞きしようにも貴方は遠い国の人。だが、その答えが見つかりました。

貴方の遺書と一緒に陳列されている中に、三件程、同じ遺の文字が使用されているのがあったのです。

私は考えました。あの戦時下の言葉か？　もっと遡った世代の「言の葉」か？　とにかく武人言葉と、私は解釈致しました。

時が過ぎ、私は心の中で貴方にさようならをのべ乍ら、神社を後にしました。次の展示の時は、もう東京へは無理でしょうから。
⑤東京行きの疲れの去らない二十六日、京都霊山護國神社社務所の完成祝賀会に出席。かえりぎわに遺族会の方から、私に厚生労働大臣表彰の内定があったと知らされました。
多忙な中にも、嬉しい夏の終わりとなりました。
もう暫らく、私はこちらで頑張ります。さようなら。

選考後記

佐藤　緋呂子
井上　和彦
桜林　美佐
KAZUYA

封印されていた言の葉たち

佐藤　緋呂子

人生を起承転結の波に例えるとすれば私は今まさに「結」の時。

然しこの「英霊に送る手紙」に出逢うことは、昭和十二年「起」のときからもうはじまっていたように思われます。

生まれて百日目に召集令状がきて、中国山西省に赴き私が三歳になろうとしたときに一時帰国。その時、手を差し伸べたのに抱っこしてもらわなかったことを悔みつづけ、その人をずっと待っていた私。その人が父だったと知ったのはもうわたしが還暦も過ぎた頃でした。そして戦地からの父の手紙の束も初めて読み、「花恋」という本にまとめたのも、ついこの二年ほど前。その中に私に宛てたたった一通のはがき、私の後ろ姿の半端ではないスケッチ。このとき私の絵のルーツは父だったと強く確信したのでした。まさにこの時がわたしの「転」の時でした。

皆様が応募してくださった手紙には「初めて父さんと呼びます」というせつない文言のなんと多かったことか。生まれたという電報を貰って、幸せ多いように「幸子」と命名、戦地から産着を贈り、その後娘に会えずに戦死した父親。一度も「父さん」と呼ばれなかった父、その心情はいかばかりであったか。

戦後の日本を一生懸命に生きて、手紙を書いてくださった六百人近い皆様にお会いし手を取り合い、「お互いによく頑張ったのね」と伝えたい、そんなはやる心にもなっています。そして九十七歳の男性は若くして戦死をした弟さんにこの歌をささげています。透明な気持ちが素敵なので最後に載せさせていただきました。

弟へ

白い雲見れば　君の姿泛ぶなり　悠久の大義に生きて

永久《とこしえ》に誇らかに薫れよ　勇士の碑

この稿を書き終えて数日後、ふと頭に浮かんだのはなんと英霊の親の世代はもう一人もこの世にいないということ。学徒出陣など若くして散華していった愛息たちに母たちの声なき声が聞こえてくるような気がしました。「もう一度生まれ変わって生き、花のような恋をしてください！」と。

日本画家・エッセイスト　昭和十二年　秋田県生まれ

日展、日春展入選。住友ビル日本画大賞。上野の森絵画大賞展入選。臥龍桜日本画大賞展特別賞。国内はじめフランス・トルコ・イタリア・上海等で個展を開き活躍中。

主な著書　『花恋 父と母へ』（はかりや印刷所出版部）
『恋文・旅の画帳・マジソン郡の橋そしてＮＹ』（秋田豆本この会出版）
『東京散歩日和』絵と文（秋田魁新報社出版）
『異国素描』絵と文（魁コミュニテイマガジン「郷」に連載）

井上 和彦

「兵隊さんが戦ってくれたから、皆がこうしてしあわせに暮らしていられるんやぞ。兵隊さんに『ありがとうございます』って思わんといかんぞ」

今は亡き祖父が、畑仕事をしながら話してくれた言葉がいまも私の胸に刻まれている。そして亡き祖母は、大東亜戦争で夫や一人息子を亡くした身寄りのない親御さんのために老人ホームを設立した。その動機は、「残された家族の面倒は銃後の国民が看るから、どうぞお国のために後顧の憂いなく戦ってください」と出征兵士に約束しておきながら、敗戦後、人々は手のひらを返したようにその約束を反故にした。そこで祖母は国がやるべき責務を一人で背負って老人ホームをきりもりし、御国のためにその愛する家族を送り出したご遺族のために生涯を捧げたのだった。

今次企画の審査委員として、ご遺族から寄せられた数多の心の叫びを読んで何度慟哭したことか。夫の帰りを待ち続けた若い妻から、父親の顔すら見たこともなく、抱きしめられた記憶もない子から、あるいは黒い額縁に収まった軍服姿の〝若い祖父〟へ送られた孫の綴りが、私の胸に突き刺さり、嗚咽を漏らすことしばしばであった。と同時に子供の頃、いつも「坊や！」と呼んで抱きしめてくれた祖母のぬくもりが懐かしく思い出された。

そんなある日、父と老人ホームに出かけた時、父が持参した薄っぺらいソノシートをレコードプレーヤーにかけて老人ホームの広間でくつろぐお年寄りたちに聞かせてあげたことがあった。

それは小野田寛郎少尉がフィリピン・ルバング島から帰還された時のニュース音声が録音されたレコードだった。大きなスピーカーから流れる棒読みのようなアナウンサーの解説を聞いてお婆さん達が涙を拭っていたのをいまでも記憶している。

今思えば、もしやこれが我が子だったら、我が夫ならばと、心の中で亡き家族との再会を夢見ておられたのだろう。

大東亜戦争は戦地で戦った兵士だけのものではない。残された家族の戦いでもあった。

そしていま、あの日のスピーカーから流れたアナウンサーに代わってこの私が、兵隊さんへの感謝を込めてテレビで大東亜戦争を語り継いでいる。

兵隊さん、この国のために戦ってくれてありがとうございました。あとはお任せください！

ジャーナリスト　昭和三十八年　滋賀県生まれ
専門は、軍事・安全保障・外交問題・近現代史。
『たかじんのそこまで言って委員会』（讀賣テレビ）、『激論！コロシアム』（テレビ愛知）、『防人の道 今日の自衛隊』（日本文化チャンネル桜）などのテレビ番組で活躍中。
主な著書『日本が戦ってくれて感謝しています』（産経新聞出版）『国防の真実　こんなに強い自衛隊』（双葉社）など多数。

桜林　美佐

実は今回、選考メンバーにお声掛け頂いた時、私には務まらないと遠慮した経緯があります。ご英霊に向けて書かれたメッセージを選ぶ、などということはおこがましく、とてもできないと思いましたが、身に余る役目をお引き受けすることになり、改めて心のこもった手紙を書いて下さった全ての方に感謝申し上げます。

戦後七十年を迎えようとしている今、ご英霊の遺族は年々少なくなっていることが懸念されています。しかし私は「遺族か遺族じゃないか」については、こだわるべきではないと考えています。若く独身のまま散華した方も多く、すでに遺族がいない、お墓もない、仏壇もない…そんな寂しい思いをされているご英霊も増えてきていると考えられるからです。

「後を頼む」という言葉を多くの方が残されていることから、その思いを引き継げば、私たち一億余人の日本人全てが「遺族として」日本の今やこれからをしっかりと支えなくてはならない、そう思うのです。

私たちは何のために生まれ、何を探し、求めるのかという問いに、現代社会ではとかく自己の幸福追求のみが即ち幸せと捉えられがちです。しかし、自分のことを差し置いて神州不滅のために身を捧げた先人たちを忘れていいはずはありません。そのために大事になるのは、何よりご英霊の声に耳を傾けることではないでしょうか。「あの世の声は聞こえない」などということはありません。日本人には「靖國で会おう」という約束が残されているからです。そういう意味でいえば、私はご遺骨の収集についても、発見されなかったご遺骨が寂しい思いをするのではないかというほうがむしろ心配で、唯物的ではない神社の役割、「水漬く屍、草むす屍」という死生観を尊重すべきではないかという考えです。

「目に見えないもの」を感じ、耳を澄まし、英霊の声を受け止める感性の涵養こそが、今、日本人に最も必要なことのように感じます。

私たちは先人たちとの約束を守るために生まれた…そう思えば、多くの日本人が抱えている悩みや憂いなどは小さなことと思えるのではないでしょうか。

全ての戦友たちのために、私は生涯、そんな手紙を書き続けるつもりです。

ジャーナリスト　昭和四十五年　東京都生まれ
フリーアナウンサー、ディレクターとしてテレビ番組を制作した後、ジャーナリストに。
国防問題を中心に取材・執筆。毎週火曜日「夕刊フジ」にて「国防最前線」連載中。
主な著書『終わらないラブレター─祖父母たちが語る「もうひとつの戦争体験」』（ＰＨＰ研究所）『奇跡の船「宗谷」─昭和を走り続けた海の守り神』『武器輸出だけでは防衛産業は守れない』（以上並木書房）

KAZUYA

日本には自らの尊い命を捧げた多くの日本人がいます。そしてその一人一人の人生がありました。今回「英霊に贈る手紙」の選考委員に選んで頂き手紙を読んでいくと、英霊たちの壮絶な物語があり、そして戦後の家族たちの物語もリアルに書かれていたのです。

昭和六十三年生まれの私にとって、戦争体験というのは遠い遠い過去の話でした。高度経済成長を成し遂げ、豊かになった日本に生まれ育った私たちのような世代は、「当たり前過ぎる恵まれた環境」に感謝を忘れているように思います。

現在の日本があるのも、先人の功績があってこそです。私たちは唐突に生まれてきたわけではありません。脈々と続く歴史の中の一員なのです。過去があって今がある。そして今の私たちが未来を作る。当たり前と言えば当たり前なのですが、現代人はこの感覚が欠落して、自分だけのことに邁進していないでしょうか。

多くの命が日本の礎になりました。尊い英霊に私たちは感謝すべきなのです。そして戦争で夫を亡くした妻たち、子供たちも戦後の焼け野原から日本を復興させました。筆舌に尽くし難い苦労があったでしょう。今回手紙を拝見して、改めて感謝せねばと思いました。

戦後残された家族は多大な苦労をしました。しかし共通していたのは今も愛情は変わらないという点です。数カ月、数年の短い結婚生活だった方も多くいます。しかしそれでも死ぬまで変わらぬ愛がありました。

英霊たちが命を賭けて守ろうとした日本。現代においては私たちが日本を守るしかないのです。日本人が日本を守らなければ、一体誰が守るというのでしょうか？　先人が命をかけて守った私たちの日本。

引き継いだ現代の日本人は、先人が行ってきたように、次の世代に素晴らしい日本を繋げるための努力をしなければいけません。私たちにはその義務があるのです。

動画制作者　昭和六十三年　北海道生まれ
動画共有サイトＹｏｕＴｕｂｅ、ニコニコ動画に政治・時事ネタに関する意見をわかりやすく解説している「ＫＡＺＵＹＡ ＣＨＡＮＮＥＬ」を配信、十代〜三十代の若者の支持を得ている。
主な著書『日本一わかりやすい保守の本』『反日日本人』（青林堂）

終戦七十年靖國神社遊就館特別企画

「英霊に贈る手紙」応募者一覧（五十音順）

階級	御祭神名	戦歿年月日	御祭神年齢	戦歿地	戦歿区分	本籍地	御祭神からみた続柄	応募者
海軍上等兵曹	青谷清左ヱ門命	昭和19年10月25日	27	フィリピン方面	戦死	滋賀県	妹	大窪一枝
海軍飛行兵曹長	秋元　保命	昭和18年3月19日	22	台湾沖	戦死	愛媛県	姪	梶原裕美
海軍機関兵曹長	秋元義一命	昭和17年6月5日	33	東太平洋方面	戦死	愛媛県	長女	梶原裕美
陸軍上等兵	秋山奥太郎命	昭和19年7月18日	35	サイパン島	戦死	東京都	長女	久保富江
陸軍伍長	秋山國武命	昭和18年3月3日	28	ダンピール海峡付近海上	戦死	群馬県	長男	秋山　隆
陸軍憲兵曹長	秋山富男命	昭和20年2月21日	29	ビルマ	戦死	長野県	妹	清水秀子
陸軍兵長	浅田正一郎命	昭和19年11月7日	25	ニューギニア	戦死	栃木県	甥の嫁	銀木悦子
陸軍曹長	浅野　亮命	昭和20年2月20日	28	フィリピン	戦死	栃木県	従妹	赤坂悦子
海軍一等機関兵曹	足立正二命	昭和19年8月2日	24	ビスカヤ湾	戦死	兵庫県	兄の孫	細見康裕
陸軍一等兵	阿部一郎命	昭和19年8月19日	33	バシー海峡	戦死	新潟県	長女	星野弘子
陸軍伍長	阿部大三命	昭和20年4月17日	31	フィリピン	戦死	神奈川県	二女	野田久子
陸軍中尉	阿部文雄命	昭和19年3月10日	23	ビルマ	戦傷死	福島県	姪	阿部美知子
海軍軍属	阿部行雄命	昭和20年9月17日	36	トラック島	戦傷死	宮城県	長男	阿部進一郎
陸軍軍曹	網野志摩之助命	昭和19年8月17日	29	中国	戦死	山梨県	弟	網野茂雄

陸軍伍長	網野輝彦命	昭和20年7月1日	25	フィリピン	戦死	山梨県	弟	網野茂雄
陸軍兵長	荒木茂郎命	昭和20年6月20日	35	沖縄	戦死	福岡県	長女	髙口美伸
陸軍兵長	荒塚左右吉命	昭和20年6月1日	25	中国	戦病死	岩手県	長男	佐々木國男
陸軍兵長	安藤仁三郎命	昭和20年3月25日	28	フィリピン	戦死	愛知県	妻	安藤たま
海軍中尉	安藤俊成命	昭和20年3月3日	24	南西諸島方面	戦死	愛知県	姪	兼平友子
陸軍軍属	安藤正幸命	昭和17年5月8日	25	東支那海	戦死	愛知県	孫	安藤尚子
海軍二等兵曹	飯島末吉命	昭和19年2月2日	33	横須賀海軍病院	戦病死	茨城県	孫	瀧本香織
陸軍上等兵	飯森茂人命	昭和20年4月4日	32	北ボルネオ島	戦病死	長野県	二女	増田昭子
陸軍上等兵	池内　洋命	昭和19年7月18日	31	サイパン島	戦死	和歌山県	長女	池内久美子
陸軍少佐	池亀重作命	昭和17年11月23日	39	ガダルカナル島	戦死	新潟県	長女	池亀惠子
陸軍伍長	池田　寛命	昭和20年7月30日	26	ビルマ	戦死	高知県	妻	池田　操
陸軍伍長	池田廣史命	昭和20年5月17日	40	ビルマ	戦死	広島県	三女	丸谷淑子
海軍上等水兵	石井秀雄命	昭和19年10月25日	19	フィリピン	戦死	東京都	妹	田口喜美子
陸軍兵長	石川　楠命	昭和19年12月21日	33	ペリリュー島	戦死	群馬県	二女	石川正子
陸軍伍長	石川政雄命	昭和20年5月2日	32	沖縄	戦死	兵庫県	弟の孫	飯田悠太
陸軍兵長	石崎清太郎命	昭和19年8月19日	22	バシー海峡	戦死	秋田県	姪	佐藤緋呂子
陸軍兵長	石塚和七命	昭和19年2月6日	31	マーシャル群島	戦死	茨城県	二女	石塚いちの
陸軍兵長	石原健市命	昭和19年9月4日	24	ブーゲンビル島	戦病死	大阪府	弟	石原浩二

海軍大尉	井尻文彦命	昭和20年2月13日	21	佐伯湾竹島南三〇〇米海面	公務死	大分県	弟	岡野武弘
海軍軍属	泉　春雄命	昭和20年3月17日	21	硫黄島	戦死	秋田県	姪	渡井康子
陸軍一等兵	和泉行次郎命	昭和19年7月7日	33	ビルマ	戦病死	愛媛県	三女	和泉三千代
陸軍准尉	伊谷岩次郎命	昭和20年4月26日	37	フィリピン	戦死	滋賀県	長男	伊谷　啓
陸軍中尉	市村成典命	昭和20年4月3日	21	沖縄	戦死	茨城県	弟	市村　有
陸軍兵長	市村　一命	昭和19年6月10日	23	ニューギニア	戦死	茨城県	弟	市村　有
海軍中尉	井塚芳夫命	昭和19年6月24日	27	南洋諸島方面	戦死	鳥取県	弟	井塚　進
陸軍歩兵上等兵	伊藤新太郎命	明治37年9月3日	27	清国	戦死	三重県	孫	伊藤光典
陸軍伍長	伊東敏雄命	昭和20年7月4日	20	フィリピン	戦死	東京都	弟	伊東千代治
陸軍技術兵長	伊藤留吉命	昭和19年8月24日	35	インパール	戦死	三重県	長女	郡　照子
陸軍伍長	伊東勇吉命	昭和20年6月15日	23	フィリピン	戦死	東京都	弟	伊東千代治
陸軍伍長	稲田茂夫命	昭和20年7月20日	38	フィリピン	戦死	岡山県	長女	杉本繁子
陸軍大尉	稲永一馬命	昭和19年9月4日	26	ビルマ	戦死	福岡県	妻	稲永慧子
海軍二等兵曹	井上幸雄命	昭和20年8月2日	20	フィリピン	戦病死	千葉県	妹	井上静枝
陸軍兵長	今谷利三郎命	昭和17年2月10日	23	シンガポール	戦死	岡山県	姪	今谷静美
陸軍大尉	岩越博次命	昭和16年9月25日	35	中国	戦死	愛知県	長男	岩越長一
陸軍兵長	岩﨑　市命	昭和19年11月14日	24	フィリピン	戦死	千葉県	甥	岩﨑芳夫
海軍軍属	岩﨑國雄命	昭和22年3月27日	43	奈良県	戦病死	兵庫県	長女	岩﨑英子

陸軍伍長	岩崎慶太郎命	昭和20年4月4日	36	フィリピン	戦死	神奈川県	長女	齋藤佐奈江
陸軍兵長	岩崎正一郎命	昭和19年8月6日	29	中国	戦傷死	和歌山県	妹	岩﨑をさよ
海軍兵曹長	岩下久末命	昭和19年9月18日	30	東カロリン諸島	戦死	熊本県	長女	岩下京子
陸軍中尉	岩田佐久磨命	昭和19年9月30日	24	グアム島	戦死	愛媛県	妹	八木允子
陸軍兵長	岩村　威命	昭和20年7月11日	34	ビルマ	戦死	兵庫県	二女	太田波留美
海軍上等機関兵	植川一男命	昭和19年2月6日	21	ルオット島方面	戦死	熊本県	弟	植川二男
陸軍伍長	上エ地増一命	昭和20年1月4日	28	ビルマ	戦病死	三重県	二女	北仲淑恵
陸軍中将	上野源吉命	昭和21年1月19日	56	中国	戦病死	山形県	長女	宗近あや子
陸軍上等兵	上原満吉命	昭和20年6月10日	33	沖縄	戦死	沖縄県	二女	前里清子
陸軍衛生曹長	上村定信命	昭和19年7月2日	27	ニューギニア	戦死	香川県	妹	寺嶋禮子
陸軍歩兵上等兵	内方　正命	昭和13年9月4日	23	中国	戦死	福井県	長女	内方美容子
海軍少尉	内田大治命	昭和20年2月26日	32	フィリピン	戦死	千葉県	長女	伊藤紀世
海軍中尉	梅木靖之命	昭和18年10月22日	25	東支那海方面	戦死	大分県	妻	梅木信子
海軍少尉	梅澤一三命	昭和20年4月28日	17	沖縄本島周辺	戦死	東京都	姪	林　美子
陸軍上等兵	漆畑正視命	昭和16年6月20日	26	静岡市厚生病院	戦病死	静岡県	姪	漆畑誠子
陸軍少将	江島虎雄命	昭和21年2月25日	51	満洲	戦病死	熊本県	四女	津本祐子
陸軍上等兵	餌取哲夫命	昭和19年10月14日	24	中国	戦病死	大阪府	長女	河上暁子
陸軍伍長	海老名伊吉命	昭和20年12月5日	32	ソ連	戦病死	静岡県	長男	海老名毅

陸軍衛生伍長	円城知三命	昭和19年12月10日	33	フィリピン	戦死	滋賀県	長女	犬塚知重子
陸軍衛生伍長	円城知三命	昭和19年12月10日	33	フィリピン	戦死	滋賀県	二女	根本篤子
海軍軍属	及川　謙命	昭和18年12月27日	24	南支那海	戦死	岩手県	弟	及川貞志
陸軍兵長	及川春夫命	昭和19年5月21日	33	ニューギニア	戦死	岩手県	弟	及川貞志
海軍大尉	大井良美命	昭和20年3月27日	24	沖縄方面	戦死	佐賀県	長女	片瀬昌美
陸軍上等兵	大内武敏命	昭和18年9月27日	22	ニューギニア	戦死	福島県	姪	太田恵子
陸軍軍曹	大木助作命	昭和20年3月10日	30	ニューギニア	戦病死	千葉県	長男	大木清康
陸軍歩兵上等兵	大木　高命	昭和13年12月2日	33	佐倉陸軍病院	戦病死	千葉県	長女	渋尾良子
海軍大尉	大北　敬命	昭和20年4月13日	23	沖縄本島周辺	戦死	徳島県	姪	大北真弓
陸軍准尉	大久保忠二命	昭和20年6月28日	37	ビルマ	戦死	長野県	長男	大久保雅弘
陸軍准尉	大久保忠二命	昭和20年6月28日	37	ビルマ	戦死	長野県	二男	大久保弘彦
陸軍兵長	大久保政一命	昭和20年4月21日	29	ビルマ	戦死	長崎県	二女	大久保富子
陸軍伍長	大鹿政吉命	昭和20年7月1日	30	フィリピン	戦死	埼玉県	孫	大鹿さゆり
海軍上等水兵	太田留五郎命	昭和20年4月24日	30	フィリピン	戦死	青森県	長男	太田留春
海軍中将	大田　實命	昭和20年6月13日	54	沖縄	戦死	千葉県	三女	板垣愛子
陸軍伍長	大谷雅要命	昭和20年7月17日	25	北ボルネオ	戦死	茨城県	弟	大谷岩男
海軍少尉	大谷正行命	昭和20年4月16日	20	喜界島南東海面	戦死	兵庫県	妹	林スミ代
陸軍兵長	大西三郎命	昭和19年12月9日	33	ビアク島	戦死	京都府	長女	大西邦子

陸軍少尉	大西　洋命	昭和19年8月20日	42	中国	戦死	香川県	二女	大西美沙子
海軍二等機関兵曹	大沼利光命	昭和20年9月11日	34	フィリピン	戦病死	千葉県	長男	大沼一行
海軍雇員	大野保太郎命	昭和19年2月6日	23	マーシャル群島	戦死	静岡県	妹	左原光枝
陸軍伍長	大濱半次郎命	昭和20年1月5日	38	フィリピン	戦病死	神奈川県	長男	大濱保彦
陸軍兵長	大林敏治命	昭和20年12月15日	33	中国	戦病死	愛媛県	長女	田村治子
陸軍伍長	大森俊夫命	昭和19年11月30日	32	台湾	戦病死	茨城県	長男	大森　博
陸軍歩兵軍曹	大矢宗太郎命	昭和12年11月27日	22	中国	戦死	栃木県	姪	赤坂悦子
陸軍上等兵	大屋好生命	昭和19年12月30日	30	フィリピン方面	戦死	三重県	長女	水谷法子
陸軍伍長	大山興太郎命	昭和20年3月17日	34	硫黄島	戦死	埼玉県	姉の曾孫	石井千恵子
陸軍歩兵上等兵	大山末吉命	明治38年3月8日	23	清国	戦死	埼玉県	兄の玄孫	石井千恵子
陸軍歩兵曹長	岡田三郎命	昭和13年9月4日	34	中国	戦傷死	東京都	孫	岡田麻里
海軍三等機関兵曹	岡田秀次命	昭和17年9月5日	37	ニューギニア	戦死	兵庫県	長男	岡田徹也
陸軍兵長	岡田秀三命	昭和19年12月8日	22	フィリピン	戦死	滋賀県	孫	甲斐聡美
海軍少尉	岡部喜久義命	昭和20年4月7日	33	西部太平洋方面	戦死	大分県	長男	岡部征之
陸軍軍属	岡本勝次郎命	昭和20年7月28日	32	フィリピン	戦死	京都府	長男	岡本勝一
陸軍上等兵	岡本敬三命	昭和19年7月31日	21	フィリピン	戦死	香川県	甥	志智輝彦
陸軍軍曹	岡本俊治命	昭和18年9月3日	27	中国	戦死	神奈川県	長男	岡本征夫
海軍一等兵曹	小川重一命	昭和20年2月26日	20	フィリピン	戦死	滋賀県	姪	坂井和美

陸軍伍長	小川武夫命	昭和20年7月22日	31	ビルマ	戦死	岡山県	長女	森下尚子
陸軍伍長	小川秀市命	昭和20年8月12日	25	千島列島	戦死	北海道	甥	小川光謙
陸軍軍曹	小川正男命	昭和19年10月26日	22	バシー海峡	戦死	青森県	甥	小川博照
陸軍准尉	小川松美命	昭和18年3月3日	38	ニューギニア海上	戦死	広島県	三女	荒光マサ子
陸軍軍属	小栗　尚命	昭和21年3月21日	31	満洲	戦病死	徳島県	長女	奥見桂子
陸軍伍長	尾崎平八郎命	昭和20年8月18日	31	中国	戦死	神奈川県	長女	尾崎巳代子
海軍上等機関兵曹	長田吉之助命	昭和20年7月9日	41	ボルネオ方面	戦死	兵庫県	甥	長田眞男
海軍二等兵曹	小澤敏男命	昭和20年5月20日	22	フィリピン	戦死	岐阜県	妹	小澤志江子
陸軍衛生伍長	小島時世命	昭和16年8月5日	23	中国	戦死	高知県	甥	小島康彦
陸軍伍長	尾田泰一命	昭和20年7月30日	22	ビルマ	戦病死	神奈川県	妹	片渕妙子
海軍軍属	落合正臣命	昭和20年6月9日	32	愛知航空機株式会社	戦死	岐阜県	長男	落合正則
海軍水兵長	小野徳太郎命	昭和20年3月17日	29	硫黄島	戦死	福島県	長男	小野一雄
陸軍准尉	小原　清命	昭和19年2月19日	29	テニアン島	戦死	長野県	妹	榊原明子
陸軍一等兵	恩田甫十命	昭和20年3月25日	21	中国	戦病死	埼玉県	弟	恩田省三
海軍大尉	海田茂雄命	昭和20年4月6日	21	沖縄	戦死	愛媛県	弟	海田　武
陸軍伍長	貝良塚政雄命	昭和20年6月5日	27	フィリピン	戦死	東京都	長男	貝良塚正晴
陸軍技術上等兵	掛野要次命	昭和20年3月27日	34	大刀洗陸軍航空隊	戦死	長野県	二女	小平つや子
陸軍軍曹	加田孝之助命	昭和18年2月17日	37	フィリピン	戦病死	京都府	長女	井原昌子

陸軍兵長	片山徳太郎命	昭和20年6月15日	36	フィリピン	戦死	静岡県	長男	片山俊男
陸軍軍曹	勝又増雄命	昭和20年6月20日	36	沖縄	戦死	静岡県	三女	山﨑千波
陸軍中尉	桂井　透命	昭和20年5月11日	24	沖縄	戦死	高知県	甥	濱口賢策
陸軍軍曹	加藤秀夫命	昭和19年11月24日	34	東部ニューギニア	戦死	岐阜県	二女	今井智子
海軍上等水兵	加藤藤松命	昭和20年3月17日	36	硫黄島	戦死	千葉県	長女	加藤惠美子
陸軍伍長	加藤良男命	昭和20年5月11日	25	フィリピン	戦死	埼玉県	長女	加藤洋子
陸軍曹長	金田米夫命	昭和20年3月17日	25	硫黄島	戦死	長野県	弟	沼尾菊夫
陸軍曹長	金山正二命	昭和17年11月16日	29	中国	戦病死	三重県	長女	松田幸子
陸軍兵長	金子幸榮命	昭和19年6月25日	33	ニューギニア	戦死	岩手県	二男	金子光喜
陸軍兵長	金田　績命	昭和20年3月17日	28	硫黄島	戦死	鹿児島県	姪	林真由美
陸軍軍曹	兼田　齋命	昭和17年2月18日	27	フィリピン	戦病死	徳島県	長女	兼田悦代
陸軍准尉	金田清人命	昭和18年10月22日	29	台湾東方約五〇粁	戦死	鹿児島県	姪	林真由美
陸軍伍長	金田新平命	昭和20年5月29日	27	フィリピン	戦死	鳥取県	姪	金田照子
海軍兵曹長	金田規久命	昭和20年6月13日	24	沖縄	戦死	鳥取県	姪	金田照子
陸軍少尉	金綱榮一命	昭和18年11月3日	23	中国	戦死	千葉県	妹	遠山イト
陸軍少尉	金綱榮一命	昭和18年11月3日	23	中国	戦死	千葉県	甥	遠山鎮宏
陸軍上等兵	鎌倉正雄命	昭和19年8月29日	31	メナド	戦死	千葉県	長女	宗像正枝
海軍水兵長	仮屋徳男命	昭和20年1月10日	22	沖縄海上	戦死	鹿児島県	甥	仮屋初男

陸軍兵長	川上　覺命	昭和20年6月29日	34	フィリピン	戦病死	島根県	長男	川上繁男
陸軍曹長	川北偉夫命	昭和19年10月18日	26	ビルマ	戦病死	京都府	妻	川北千代子
陸軍上等兵	川﨑初男命	昭和19年7月4日	21	ジャワ島	戦病死	広島県	妹	川﨑君子
陸軍軍曹	河津成雄命	昭和20年7月23日	28	ビルマ	戦病死	福井県	長女	南　純子
海軍三等機関兵曹	河村之夫命	昭和17年10月18日	21	ソロモン群島方面	戦死	愛知県	妹	河村静子
海軍二等整備兵曹	河村元市命	昭和20年6月3日	23	フィリピン	戦死	広島県	妹	玉井寿子
陸軍中尉	川本定雄命	昭和20年5月12日	26	フィリピン	戦死	広島県	甥	川本　健
陸軍中尉	木内明良命	昭和20年5月17日	32	沖縄	戦死	山梨県	長女	四條明香
陸軍軍曹	桔梗成男命	昭和19年10月14日	21	南支那海	戦死	静岡県	義弟	櫻井光夫
陸軍衛生伍長	岸　四一命	昭和19年9月17日	36	ビルマ	戦傷死	埼玉県	長女	石本洋子
陸軍准尉	喜多富夫命	昭和21年5月23日	28	シンガポール	法務死	大阪府	姪	佐竹道子
陸軍准尉	喜多富夫命	昭和21年5月23日	28	シンガポール	法務死	大阪府	姪	植村正子
陸軍兵長	北市忠行命	昭和19年7月3日	23	ニューギニア	戦死	石川県	妹	尾田邦枝
海軍二等機関兵曹	木谷辰夫命	昭和20年7月4日	17	フィリピン	戦死	滋賀県	兄	中島吉太郎
陸軍一等兵	北見三郎命	昭和19年4月26日	21	フィリピン	戦死	神奈川県	甥	北見輝義
陸軍兵長	北村榮三命	昭和20年1月20日	33	セレベス島	戦病死	滋賀県	三女	北村菊枝
陸軍伍長	木庭清輝命	昭和20年7月1日	24	フィリピン	戦病死	東京都	妹	木庭惠美子
陸軍軍曹	木原忠雄命	昭和19年9月30日	23	グアム島	戦死	千葉県	兄の孫	木原利枝

陸軍兵長	木村武夫命	昭和21年3月2日	33	シベリア	戦病死	茨城県	長女	杉之原寛子
陸軍伍長	木村良夫命	昭和19年11月17日	18	東支那海	戦死	静岡県	妹	木村みどり
陸軍曹長	木村嘉藏命	昭和19年10月11日	27	ニューギニア	戦死	滋賀県	妻	木村より
陸軍伍長	桐谷太郎命	昭和20年8月17日	37	中国	戦死	長崎県	三男	桐谷　勝
海軍二等整備兵曹	桐谷雅幸命	昭和19年8月2日	18	テニアン島	戦死	千葉県	妹	桐谷やゑ子
陸軍伍長	久井　進命	昭和20年8月18日	31	広島陸軍病院庄原分院	戦傷死	広島県	妻	久井スエノ
海軍少佐	公家吉男命	昭和19年10月14日	23	台湾東方海面	戦死	東京都	甥	山田勝道
陸軍一等兵	日下五一命	昭和19年9月18日	35	朝鮮木浦沖	戦死	大阪府	長女	日下佐起子
陸軍兵長	櫛橋　純命	昭和20年12月23日	35	満洲	戦病死	福岡県	長男	櫛橋　隆
陸軍兵長	工藤金七命	昭和20年8月13日	29	満洲	戦死	青森県	長女	工藤幸子
陸軍兵長	九ノ里高男命	昭和20年7月15日	34	フィリピン	戦死	福井県	長男	九ノ里俊一
陸軍兵長	熊谷一男命	昭和21年4月6日	26	中国	戦病死	岩手県	妹	小笠原フジ子
陸軍中尉	倉茂俊能命	昭和19年11月17日	38	済州島沖	戦死	新潟県	二女	加島良子
陸軍少尉	倉谷起志男命	昭和19年9月30日	28	グアム島	戦死	奈良県	長女	倉谷登志子
海軍上等水兵	倉持勘六郎命	昭和20年4月24日	34	フィリピン	戦死	茨城県	長男	倉持敏夫
海軍上等水兵	倉持勘六郎命	昭和20年4月24日	34	フィリピン	戦死	茨城県	二男	倉持公司
陸軍兵長	栗下　進命	昭和19年9月24日	27	フィリピン	戦死	宮崎県	二男	栗下　勉
陸軍曹長	栗原俊夫命	昭和20年6月18日	24	沖縄	戦死	神奈川県	姪	栗原敏子

陸軍一等兵	栗原義詮命	昭和20年8月7日	31	中国	戦病死	埼玉県	三女	大久保久枝
陸軍一等兵	栗原義詮命	昭和20年8月7日	31	中国	戦病死	埼玉県	四女	岸澤克枝
陸軍伍長	黒川義雄命	昭和20年8月10日	34	フィリピン	戦病死	広島県	長女	黒川静枝
陸軍伍長	見目七郎命	昭和21年2月5日	34	シベリア	戦病死	栃木県	長男	見目貞樹
陸軍軍曹	小池喜好命	昭和18年8月21日	33	ニューギニア	戦死	群馬県	長女	黒岩しま
陸軍少尉	小池正男命	昭和18年6月5日	32	ブーゲンビル島	戦死	長野県	長女	小池早智恵
陸軍伍長	郡　英雄命	昭和20年7月3日	33	フィリピン	戦死	徳島県	長男	田邊　捷
海軍二等飛行兵曹	後閑秀雄命	昭和18年3月9日	27	本州東方海面	戦死	群馬県	姪	後閑節代
海軍二等兵曹	小関謙二郎命	昭和20年2月8日	19	南洋諸島方面	戦死	宮城県	兄の孫	津久家直美
海軍少尉	小谷　立命	昭和18年4月18日	26	ブーゲンビル島	戦死	広島県	甥	小谷一久
陸軍大尉	兒玉正美命	昭和20年4月15日	22	沖縄	戦死	宮崎県	長男	宮田信之
陸軍軍属	後藤　明命	昭和20年6月9日	15	住友金属名古屋経合金製作所	戦死	岐阜県	兄	後藤　茂
海軍大尉	小林吉之助命	昭和19年2月17日	40	南洋諸島	戦死	秋田県	長男	小林良弘
陸軍輜重兵上等兵	小林京治命	昭和15年6月24日	21	第十三師団第二野戦病院	戦病死	福島県	妹	樽井ウン
陸軍歩兵少佐	小林善作命	昭和12年9月10日	41	中国	戦死	新潟県	二女	小林　久
海軍一等機関兵	小林　忠命	昭和19年6月30日	35	黄海方面	戦死	大阪府	長男	小林繁夫
陸軍伍長	小林冨次命	昭和19年7月18日	32	マリアナ諸島	戦死	茨城県	長女	小林悦子
海軍主計少尉	小堀俊男命	昭和20年2月27日	31	台湾	戦死	宮崎県	長女	古川俊子

陸軍上等兵	小松原博命	昭和18年8月6日	28	コロンバンガラ島	戦死	島根県	甥	小松原基
陸軍上等兵	小山儀次郎命	昭和20年6月11日	32	パラオ島	戦病死	茨城県	長女	小山満江
陸軍中尉	小山八重一命	昭和20年5月2日	23	西部ニューギニア	戦病死	東京都	弟	小山三男
陸軍中尉	齋藤　勇命	昭和19年12月10日	28	フィリピン	戦死	静岡県	弟	関　宰
陸軍中尉	齋藤　勇命	昭和19年12月10日	28	フィリピン	戦死	静岡県	弟	齋藤　喩
陸軍曹長	齊藤武義命	昭和20年7月28日	34	フィリピン	戦死	千葉県	長女	谷口芳枝
陸軍上等兵	斉藤辰次命	昭和19年7月31日	21	バシー海峡	戦死	和歌山県	長女	廣畑君代
陸軍歩兵軍曹	齊藤東一命	昭和13年11月11日	22	中国	戦死	福井県	弟	齊藤昭三
海軍二等兵曹	齋藤　勝命	昭和17年5月4日	25	ソロモン群島方面	戦死	埼玉県	姪	町田典子
陸軍伍長	齋藤　萬命	昭和17年11月18日	30	ブーゲンビル島	戦死	宮城県	妻	齋藤文枝
陸軍衛生伍長	佐伯龍雄命	昭和19年1月12日	39	台湾沖	戦死	岐阜県	長女	山田博子
陸軍兵長	酒井勝助命	昭和19年11月16日	32	ビルマ	戦死	岐阜県	長女	高瀬愛子
陸軍曹長	榊原仙太郎命	昭和19年10月22日	22	沖縄海上	戦死	愛知県	妹	榊原髙乃
陸軍曹長	坂野廣志命	昭和20年6月13日	25	フィリピン	戦死	愛媛県	弟	宮田　勧
陸軍伍長	阪本作治命	昭和20年3月17日	29	フィリピン	戦死	奈良県	長男	阪本征夫
海軍三等機関兵曹	鷺森　昇命	昭和17年5月26日	25	カムラン湾	戦死	大阪府	甥	鷺森俊二
海軍軍属	佐久間十吉命	昭和20年12月11日	26	マサマサ島	戦病死	千葉県	兄の孫	佐久間光良
陸軍軍曹	佐久間正壽命	昭和20年6月20日	30	沖縄	戦死	千葉県	長男	佐久間正一

陸軍中尉	櫻井源太郎命	昭和19年5月5日	24	ビルマ	戦死	千葉県	妹	須藤栄子
陸軍中尉	櫻井源太郎命	昭和19年5月5日	24	ビルマ	戦死	千葉県	妹	花光照子
海軍航空兵曹長	櫻井好造命	昭和13年4月26日	25	中国	戦死	茨城県	孫	梶原京子
陸軍曹長	佐々木進命	昭和19年11月15日	32	東部ニューギニア	戦死	愛媛県	長女	佐々木徳子
海軍大尉	佐々木留治命	昭和20年4月29日	32	横須賀病院	戦病死	神奈川県	長女	北岡洋子
陸軍伍長	佐竹信次命	昭和19年5月8日	33	ニューギニア	戦死	大阪府	二男	佐竹泰夫
陸軍大尉	佐藤一雄命	昭和20年1月31日	29	フィリピン	戦死	京都府	従妹	銀木悦子
海軍機関兵長	佐藤末見命	昭和20年3月24日	23	東支那海	戦死	福岡県	弟	佐藤廣見
陸軍少佐	佐藤　武命	昭和20年8月14日	30	大阪市	戦死	栃木県	長女	半田江津子
陸軍少佐	佐藤　武命	昭和20年8月14日	30	大阪市	戦死	栃木県	二女	大島泰子
陸軍兵長	佐藤達慈命	昭和20年6月30日	23	フィリピン	戦死	新潟県	姪	広瀬和子
陸軍曹長	佐藤長助命	昭和22年10月16日	35	ソ連	戦病死	秋田県	長男	佐藤純一
陸軍曹長	佐藤寅雄命	昭和20年8月15日	32	満洲	戦死	山形県	二女	鈴木美世子
陸軍上等兵	佐藤　方命	昭和19年3月16日	22	北海道	戦死	福島県	妹	山野辺裕子
陸軍兵長	佐藤将夫命	昭和20年12月25日	28	奉天	戦病死	秋田県	長女	山田マサヨ
陸軍上等兵	佐藤正鐘命	昭和19年7月18日	29	マリアナ諸島	戦死	愛知県	長男	佐藤徳壽
海軍上等主計兵曹	佐野貞員命	昭和20年6月18日	39	占守島沖海上	戦死	山梨県	長女	中村順子
陸軍伍長	佐野恒一命	昭和20年7月10日	27	フィリピン	戦死	山梨県	長女	乗松登美子

海軍上等水兵	澤田勝藏命	昭和20年2月22日	30	フィリピン	戦死	京都府	長男	澤田勝幸
海軍大尉	澤田忠數命	昭和20年5月15日	23	沖縄方面	戦死	京都府	妹	澤田成代
陸軍中佐	澤山義隆命	昭和19年11月13日	26	フィリピン	戦死	滋賀県	妻	山田政江
陸軍工兵伍長	式田五郎吉命	昭和12年10月6日	36	中国	戦死	千葉県	孫	江澤美恵子
海軍二等兵曹	重政憲生命	昭和20年5月20日	35	フィリピン方面	戦死	山口県	長男	重政宣彦
陸軍大尉	志澤秀平命	昭和21年5月8日	25	中国	戦病死	神奈川県	姪	長谷川史子
海軍大尉	志澤保吉命	昭和20年4月6日	21	沖縄	戦死	神奈川県	姪	長谷川史子
海軍少佐	篠田　勇命	昭和17年7月15日	37	キスカ島沖	戦死	岐阜県	長男	篠田和郎
陸軍兵長	篠原亀之城命	昭和20年4月6日	22	フィリピン	戦死	福岡県	弟	福屋末次郎
海軍中尉	柴﨑一雄命	昭和20年4月30日	21	ボルネオ方面	戦死	茨城県	弟	柴﨑季雄
海軍一等水兵	柴田喜一命	昭和19年2月10日	32	台湾東方海上	戦死	愛知県	長男	柴田信夫
海軍一等水兵	柴田喜一命	昭和19年2月10日	32	台湾東方海上	戦死	愛知県	三男	柴田勝巳
陸軍軍曹	柴田徳太郎命	昭和20年7月21日	37	ビルマ	戦死	京都府	二女	柴田克子
陸軍兵長	柴田　等命	昭和20年4月15日	20	フィリピン	戦死	山形県	妹	柴田ヨシ子
陸軍准尉	澁谷忠夫命	昭和18年7月24日	25	中国	戦死	岡山県	妹	岩野和子
陸軍憲兵曹長	澁谷守夫命	昭和20年4月18日	29	ビルマ	戦死	岡山県	妹	岩野和子
陸軍伍長	島田徳太郎命	昭和21年1月30日	25	中国	戦病死	埼玉県	弟	島田　昭
海軍水兵長	嶋田寛幸命	昭和19年5月4日	20	ビスマルク諸島	戦死	東京都	姪	稲積裕子

陸軍少佐	清水三郎命	昭和20年7月17日	34	フィリピン	戦死	静岡県	妻	清水正惠
陸軍中尉	清水清蔵命	昭和20年4月24日	40	フィリピン	戦死	岡山県	長男	清水琢雄
陸軍歩兵軍曹	清水正久命	昭和12年10月21日	22	中国	戦死	愛知県	弟	清水邦夫
海軍兵曹長	清水良一命	昭和19年10月25日	30	フィリピン方面	戦死	和歌山県	長女	佐藤浩子
海軍兵曹長	清水良一命	昭和19年10月25日	30	フィリピン方面	戦死	和歌山県	孫	豊田恭子
陸軍兵長	白井正亮命	昭和19年10月5日	34	フィリピン	戦病死	東京都	孫	白井裕一
海軍兵曹長	白石隆幸命	昭和20年6月23日	28	蘭領印度	戦死	兵庫県	妹	谷野和美
陸軍歩兵上等兵	銀木五郎命	昭和13年9月27日	26	中国	戦死	東京都	甥	銀木正蔵
陸軍輜重兵伍長	白旗　武命	昭和15年4月23日	27	中国	戦死	静岡県	四女	鎌田悦子
海軍軍属	新川輝一命	昭和20年8月7日	14	豊川海軍工廠	戦死	愛知県	姉	森喜久江
海軍主計中尉	神保一義命	昭和19年11月25日	20	フィリピン北方海面	戦死	栃木県	甥	酒井陽太
海軍二等兵曹	末武正之命	昭和19年8月10日	20	グアム島	戦死	佐賀県	弟	末武和彦
海軍三等兵曹	末永冨雄命	昭和17年9月2日	31	東部ニューギニア	戦死	山口県	長女	豊嶋純子
海軍三等兵曹	末永冨雄命	昭和17年9月2日	31	東部ニューギニア	戦死	山口県	孫	豊嶋美由紀
陸軍大尉	杉浦松太郎命	昭和17年8月9日	28	中国	戦病死	愛知県	長女	杉浦秀子
陸軍衛生伍長	杉田勇作命	昭和19年8月19日	22	バシー海峡	戦死	静岡県	長女	楠　うめ
陸軍上等兵	杉山　宗命	昭和18年11月2日	21	満洲	戦病死	神奈川県	妹	髙田登喜子
陸軍兵長	鈴川四郎命	昭和21年1月15日	20	ソ連	戦病死	広島県	妹	谷　豊子

陸軍一等兵	鈴川英夫命	昭和20年7月25日	25	広島県	戦病死	福岡県	妹	谷　豊子
海軍一等兵曹	鈴木和夫命	昭和19年8月7日	22	東支那海	戦死	新潟県	弟	鈴木友夫
陸軍伍長	鈴木　常命	昭和19年6月10日	26	中国	戦死	愛知県	長女	鈴木艶子
陸軍兵長	鈴木常雄命	昭和20年6月24日	31	ジャワ島	戦病死	東京都	長女	鈴木千枝子
陸軍兵長	鈴木治夫命	昭和18年1月23日	21	ガダルカナル島	戦死	静岡県	弟	鈴木宣夫
陸軍中尉	鈴木光信命	昭和15年2月15日	31	蒙古聯合	戦傷死	東京都	長女	鈴木義子
陸軍曹長	鈴木義夫命	昭和19年7月18日	23	サイパン島	戦死	愛知県	弟	鈴木　満
陸軍軍曹	鈴木好夫命	昭和21年2月12日	35	シベリア	戦病死	茨城県	二女	中根玲子
陸軍兵長	関口芳夫命	昭和19年10月12日	22	ビルマ	戦病死	群馬県	弟	佐々木光夫
陸軍大尉	善家善四郎命	昭和19年11月27日	24	フィリピン	戦死	京都府	妹	田辺さだ子
陸軍兵長	園田次郎命	昭和20年8月14日	35	フィリピン	戦死	大分県	長男	園田勝美
海軍大佐	高城俊雄命	昭和19年10月23日	43	フィリピン東方海面	戦死	鹿児島県	二男	高城正雄
海軍上等機関兵曹	高田初四郎命	昭和19年2月2日	25	ギルバート方面	戦死	北海道	甥	澤　万太郎
陸軍中佐	高田増實命	昭和18年9月9日	29	中国	戦死	熊本県	甥	高田　実
海軍軍属	高塚　正命	昭和19年11月18日	20	蘭印基地	戦病死	長野県	弟	高塚　弘
海軍軍属	高塚　正命	昭和19年11月18日	20	蘭印基地	戦病死	長野県	妹	荒木あき子
陸軍伍長	高橋鹿之助命	昭和20年8月29日	31	ビルマ	戦傷死	福岡県	長女	波戸悠美子
海軍少尉	高橋七藏命	昭和19年7月8日	42	サイパン島	戦死	宮城県	長男	高橋威男

陸軍伍長	髙橋庄三命	昭和18年12月10日	22	中国	戦病死	神奈川県	姪	髙橋ミサ子
海軍上等水兵	髙橋貞造命	昭和20年3月17日	34	硫黄島	戦死	埼玉県	孫	前田真佐美
陸軍伍長	髙橋道康命	昭和20年8月18日	29	占守島	戦死	北海道	長男	髙橋紀勝
陸軍曹長	髙橋元平命	昭和21年1月20日	41	ビルマ	戦病死	群馬県	長男	髙橋善次郎
陸軍上等兵	髙橋幸弘命	昭和19年6月29日	28	鹿児島県徳之島沖	戦死	愛媛県	長女	藤野靖子
海軍二等主計兵曹	髙原義治命	昭和19年6月19日	24	サイパン島西方	戦死	長野県	姪	髙原里江
陸軍伍長	滝波　茂命	昭和20年8月8日	22	フィリピン	戦死	静岡県	弟	滝波　登
海軍上等工作兵	瀧本　清命	昭和19年8月9日	31	南西諸島	戦病死	北海道	二女	佐藤道子
海軍上等整備兵	瀧柳文雄命	昭和19年12月24日	34	硫黄島	戦死	東京都	二女	原田千枝子
海軍兵曹長	田口正一命	昭和19年7月8日	29	サイパン島	戦死	栃木県	甥	田口　武
陸軍上等兵	竹内辰巳命	昭和23年12月31日	32	ソ連	戦死	長野県	弟	髙塚　弘
海軍上等工作兵	竹澤金吉命	昭和20年3月15日	35	フィリピン	戦死	宮城県	長女	大槻光枝
陸軍上等兵	武田文雄命	昭和19年9月21日	29	フィリピン海上	戦死	徳島県	長女	西崎妙子
陸軍上等兵	武田文雄命	昭和19年9月21日	29	フィリピン海上	戦死	徳島県	長女の夫	西崎乗俊
陸軍兵長	武山正文命	昭和20年8月1日	32	フィリピン	戦死	岐阜県	長女	武山容子
海軍上等兵曹	只石繁松命	昭和18年10月12日	38	ニューブリテン島	戦死	北海道	長女	只石智津子
海軍上等兵曹	只石繁松命	昭和18年10月12日	38	ニューブリテン島	戦死	北海道	二男	只石征之進
陸軍准尉	田近七五三命	昭和20年5月27日	37	フィリピン	戦死	石川県	長男	田近雄二

海軍中佐	田中三藏命	昭和20年5月5日	40	黄海方面	戦死	滋賀県	養女	田中照子
陸軍伍長	田中重之命	昭和19年1月19日	24	南方諸島	戦死	宮崎県	姪	林真由美
陸軍伍長	田中保一命	昭和19年7月29日	30	ビルマ	戦死	三重県	長男	田中新策
海軍上等水兵	田邉忠吉命	昭和19年8月2日	29	テニアン島	戦死	千葉県	長女	藤沼順子
海軍兵曹長	谷太市郎命	昭和19年8月7日	29	フィリピン	戦死	京都府	長女	辻井武子
海軍一等兵曹	谷北松造命	昭和19年8月7日	34	熊本県天草島西方一〇粁	戦死	滋賀県	長男	谷北　昭
海軍軍属	谷口信次命	昭和19年9月12日	46	セブ島沖	戦死	神奈川県	三女	井上貞子
陸軍伍長	谷口正男命	昭和20年1月25日	28	ビルマ	戦病死	佐賀県	長女	松本ノリ子
陸軍伍長	谷畑長治命	昭和18年12月26日	22	ニューブリテン島	戦死	兵庫県	甥	谷畑公昭
陸軍歩兵曹長	谷廣　實命	昭和15年5月14日	30	中国	戦死	広島県	二女	信廣　瞳
陸軍伍長	田村節郎命	昭和20年2月13日	27	フィリピン	戦死	岩手県	長女	佐々木陽子
陸軍伍長	田村節郎命	昭和20年2月13日	27	フィリピン	戦死	岩手県	孫	佐々木恩
陸軍上等兵	田村辰男命	昭和21年4月10日	29	中国	戦病死	和歌山県	妹	田村啓子
陸軍伍長	樽井浪治命	昭和17年10月25日	24	ガダルカナル島	戦死	福島県	兄の嫁	樽井ウン
陸軍上等兵	塚原禎一命	昭和19年12月7日	21	沖縄	戦病死	千葉県	長女	塚原喜美
海軍少尉	佃賢治郎命	昭和20年3月17日	33	硫黄島	戦死	静岡県	長男	佃憲司郎
陸軍上等兵	辻　弘命	昭和19年9月10日	22	ビルマ	戦病死	滋賀県	妹	辻　靖
陸軍一等兵	土谷正夫命	昭和19年9月14日	31	黄海方面	戦死	奈良県	長女	土谷喜久子

陸軍曹長	土屋正則命	昭和19年4月17日	32	ビルマ	戦死	長野県	長女	土居則子
陸軍兵長	角原常夫命	昭和20年4月13日		沖縄	戦死	東京都	孫	水野恵子
陸軍中尉	津森　利命	昭和19年5月13日	24	ラバウル	戦死	島根県	妹	津森トミヱ
陸軍上等兵	出澤武四郎命	昭和20年10月13日	35	中国	戦病死	長野県	長女	出澤悦子
陸軍工兵上等兵	手塚精一命	昭和14年8月26日	21	ノモンハン付近	戦死	山形県	姪	手塚典子
海軍技術大佐	寺井英雄命	昭和20年8月17日	43	インドシナ	自決	長崎県	孫	寺井一郎
陸軍伍長	寺岡篤郎命	昭和21年3月15日	39	ソ連	戦病死	広島県	三女	藤原幸子
陸軍伍長	寺嶋孝太郎命	昭和20年9月1日	29	フィリピン	戦傷死	滋賀県	長女	曽根浩子
陸軍上等兵	傳田今朝男命	昭和19年6月17日	29	ニューギニア	戦病死	東京都	長男	傳田恭昭
陸軍曹長	所崎正範命	昭和18年11月18日	22	中国	戦死	鹿児島県	姪	寺田魚子
海軍中尉	富永國夫命	昭和20年4月7日	36	南西諸島方面	戦死	熊本県	長女	富永壽賀子
陸軍軍曹	内藤　清命	昭和19年7月21日	33	グアム島	戦死	愛知県	長女	内藤寿美子
陸軍二等兵	仲雄次郎命	昭和20年10月2日	20	熊本第一陸軍病院小林分院	戦病死	兵庫県	姪	吉田佳子
海軍二等水兵	中井深水命	昭和17年8月28日	19	ニューギニア方面	戦死	三重県	甥	中井政行
陸軍軍曹	中井泰男命	昭和18年1月16日	25	東部ニューギニア	戦死	高知県	甥	山﨑優一
陸軍一等兵	中尾勝雄命	昭和20年8月6日	30	広島市	戦死	岡山県	長女	小橋慶子
陸軍軍属	中尾善衛命	昭和20年1月3日	48	南支那海	戦死	愛知県	二男	中尾襄一
陸軍伍長	中川豊助命	昭和20年6月4日	31	中国	戦死	京都府	妻	中川キク

海軍二等兵曹	中川正秀命	昭和20年2月14日	17	東支那海	戦死	富山県	弟	中川　忠
海軍工員	中川保男命	昭和19年7月30日	22	テニアン島	戦死	新潟県	兄の孫	中川貴絵
陸軍伍長	中里正一郎命	昭和20年5月13日	24	フィリピン	戦死	青森県	長女	下村つや
陸軍中佐	中島正彦命	昭和20年8月22日	27	中国	戦死	岡山県	長男	中島正一郎
海軍二等機関兵曹	中島吉雄命	昭和19年11月2日	20	フィリピン	戦死	滋賀県	兄	中島吉太郎
陸軍伍長	永田房太郎命	昭和21年7月5日	22	ソ連	戦病死	埼玉県	姪	吉田京子
陸軍伍長	中西嘉一郎命	昭和18年11月7日	31	中国	戦傷死	京都府	長男の嫁	中西晴美
陸軍伍長	中西靖忠命	昭和19年10月18日	20	北緯一二度一〇分 東経一一九度一〇分	戦死	三重県	姉の孫	西脇智広
海軍少尉	中西義男命	昭和18年6月16日	23	ソロモン群島	戦死	大阪府	弟	中西　明
海軍中佐	中野榮譽命	昭和19年10月25日	55	フィリピン沖	戦死	愛知県	長男	中野昭彦
陸軍大尉	仲野　薫命	昭和17年1月16日	32	フィリピン	戦死	大分県	長女	吉川和代
海軍上等工作兵	永野芳平命	昭和19年12月11日	34	呉海兵団	戦病死	三重県	長男	永野芳夫
陸軍兵長	中道武夫命	昭和20年2月25日	33	フィリピン	戦死	大分県	長女	坂本和子
海軍飛行兵曹長	中道敏幸命	昭和20年3月26日	21	南西諸島	戦死	青森県	妹	中道酉美
陸軍少尉	中村健三命	昭和20年1月6日	20	フィリピン方面	戦死	滋賀県	弟	中村五郎
海軍二等兵曹	中村省三郎命	昭和20年3月31日	20	フィリピン方面	戦死	山口県	弟	中村汸郎
海軍三等機関兵曹	中村武雄命	昭和17年5月16日	34	中国	戦死	広島県	二女	椿　妙子

陸軍工兵伍長	中村辰由命	昭和14年7月31日	31	第百九師団第二野戦病院	戦病死	埼玉県	長男	中村勝由
海軍大尉	中村輝美命	昭和20年5月31日	23	南西諸島方面	戦死	山口県	妻	片渕妙子
陸軍兵長	長森　寛命	昭和21年5月11日	43	ソ連	戦病死	岡山県	四女	土師世津子
海軍飛行兵曹長	長山　敏命	昭和20年5月25日	18	沖縄周辺海域	戦死	三重県	弟	長山敏次
陸軍見習士官	成智信昭命	昭和20年8月23日	23	満洲	戦死	岡山県	妹	加藤路子
陸軍曹長	鳴海由太郎命	昭和20年6月30日	29	フィリピン	戦死	青森県	長女	加賀谷美代子
陸軍歩兵上等兵	西井達雄命	昭和13年3月29日	22	中国	戦死	広島県	妹	山口静枝
陸軍伍長	西尾武夫命	昭和20年1月3日	32	フィリピン	戦死	岐阜県	二女	土屋房子
海軍飛行兵曹長	西山房勝命	昭和20年1月6日	20	フィリピン方面	戦死	香川県	妹	田中千代子
陸軍大佐	新田正義命	昭和19年12月6日	47	フィリピン	戦死	岡山県	長女	新田和子
陸軍伍長	根本信行命	昭和21年8月13日	33	シベリア	戦病死	茨城県	長女	根本祥枝
海軍少尉	野田哲夫命	昭和20年4月6日	18	沖縄	戦死	新潟県	姉	廣辺菊江
海軍軍属	野中不二男命	昭和17年10月21日	50	東支那海	戦死	佐賀県	孫	三原玲子
陸軍上等兵	野村　傳命	昭和19年6月29日	26	鹿児島県徳之島沖	戦死	高知県	妻	野村　静
陸軍兵長	羽賀與太郎命	昭和21年1月14日	33	ソ連	戦病死	山形県	三男	相楽正明
海軍少将	萩原勘一命	昭和19年2月6日	46	ロイ・ナムル島	戦死	福岡県	長女	内山淺子
海軍少将	萩原勘一命	昭和19年2月6日	46	ロイ・ナムル島	戦死	福岡県	二女	山田道子

陸軍兵長	萩原友吉命	昭和19年1月23日	28	ニューギニア	戦死	茨城県	長女	海老原好榮
陸軍一等兵	萩原延彦命	昭和20年3月31日	20	名古屋陸軍病院	戦病死	静岡県	妹	萩原　翠
陸軍軍曹	萩原龍一命	昭和20年8月10日	33	フィリピン	戦死	福島県	三男	萩原秀邦
陸軍伍長	羽毛田督命	昭和20年2月5日	28	フィリピン	戦死	長野県	長男	羽毛田佳明
海軍中尉	枦木善四郎命	昭和18年8月4日	38	豪洲方面	戦死	鹿児島県	二女	中村靖子
陸軍歩兵上等兵	長谷川一吉命	昭和13年8月28日	33	中国	戦死	福井県	長男	長谷川禎一
陸軍中佐	長谷川實命	昭和20年4月2日	24	沖縄	戦死	群馬県	妹	後藤とみ子
海軍少尉	服部壽宗命	昭和20年4月16日	19	南西諸島	戦死	三重県	妹	山本節子
陸軍兵長	服部虎雄命	昭和20年6月16日	25	フィリピン	戦死	長崎県	長女	湯山笙子
陸軍伍長	羽富芳江命	昭和19年11月17日	31	東部ニューギニア	戦死	茨城県	二女	羽富幸子
陸軍軍曹	羽生沢亀之助命	昭和19年7月18日	36	テニアン島	戦死	東京都	長男	羽生沢常男
陸軍歩兵上等兵	濵　只吉命	昭和13年5月29日	36	中国	戦死	長野県	長男	濵喜巳男
陸軍曹長	濱中芳雄命	昭和18年5月29日	33	アッツ島	戦死	東京都	長男	濱中敏議
陸軍輜重兵伍長	濱村慶造命	昭和14年5月14日	38	中国	戦死	石川県	孫	村田外志子
陸軍輜重兵伍長	濱村慶造命	昭和14年5月14日	38	中国	戦死	石川県	孫	坂井和代
陸軍兵長	早坂　衛命	昭和20年6月20日	23	沖縄	戦死	宮城県	妹	小坂榮子
陸軍伍長	林木四夫命	昭和20年8月13日	29	中国	戦死	茨城県	兄の孫	谷島ゆかり
海軍飛行特務大尉	林長次郎命	昭和17年8月27日	38	ソロモン群島	戦死	北海道	長女	野﨑由美子

陸軍伍長	林　尚美命	昭和20年7月11日	36	フィリピン	戦死	茨城県	孫	谷島ゆかり
陸軍主計曹長	林田忠雄命	昭和19年9月6日	28	東部ニューギニア	戦死	大阪府	長女	林田明能
陸軍歩兵少佐	原　鶴三命	昭和13年6月10日	41	中国	戦死	佐賀県	長女	林　信子
陸軍衛生准尉	原良太郎命	昭和20年10月1日	33	中国	戦病死	神奈川県	長男の嫁	原　律子
陸軍兵長	原口太郎命	昭和19年6月7日	21	ビルマ	戦病死	福岡県	甥	原口登志男
陸軍伍長	原山好一命	昭和22年2月20日	21	ソ連	戦死	和歌山県	妹	山本邦子
海軍上等水兵	播磨　修命	昭和19年8月2日	26	サイパン島	戦死	大阪府	長男の嫁	播磨テル子
陸軍上等兵	半田富男命	昭和19年7月18日	26	サイパン島	戦死	静岡県	長女	三村永子
陸軍上等兵	半田　實命	昭和20年1月6日	33	中国	戦死	東京都	長男の嫁	半田江津子
陸軍兵長	日沖喜十郎命	昭和20年6月20日	33	沖縄	戦死	三重県	長女	服部ゐちゑ
陸軍曹長	東山　亘命	昭和20年1月13日	20	フィリピン	戦死	岐阜県	姪	山田波津江
陸軍少佐	日隈太郎命	昭和19年9月13日	25	騰越	戦死	福岡県	妹	西　貞子
陸軍大尉	久富基作命	昭和20年5月11日	22	沖縄	戦死	福岡県	甥	辻　知行
海軍二等機関兵曹	姫野清馬命	昭和17年7月5日	24	アガツ島	戦死	福岡県	妹	姫野ミヱ
海軍水兵長	平石時次郎命	昭和20年6月14日	36	沖縄	戦死	福岡県	二女	古怒田文代
陸軍上等兵	平出茂三命	昭和20年8月23日	28	中国	戦死	長野県	弟	小池　賢
陸軍兵長	平松勝次郎命	昭和19年12月9日	33	ビアク島	戦死	京都府	孫	平松千秋
海軍水兵長	肥留川清一命	昭和20年1月3日	31	小笠原諸島方面	戦死	埼玉県	長男	肥留川宏一

海軍少尉	廣嶋忠夫命	昭和20年8月9日	19	金華山沖	戦死	福岡県	弟	廣嶋文武
陸軍伍長	廣島治雄命	昭和20年7月1日	25	北ボルネオ方面	戦病死	石川県	弟	廣島嘉則
陸軍伍長	深津吉廣命	昭和21年8月2日	23	北朝鮮	戦病死	愛知県	姪	足立訓子
陸軍伍長	福田則之命	昭和19年7月18日	21	グアム島	戦死	熊本県	兄	福田重之
陸軍伍長	福永清人命	昭和19年7月26日	24	中国	戦死	福岡県	姪	福永富江
海軍上等水兵	福成寅雄命	昭和20年4月7日	35	奄美諸島西方海面	戦死	大阪府	二女	福成尚子
海軍上等水兵	福成寅雄命	昭和20年4月7日	35	奄美諸島西方海面	戦死	大阪府	三女	間所牧子
陸軍兵長	藤井貞一命	昭和18年9月30日	23	北緯六度二分 東経一三九度二七分海上	戦死	岐阜県	姉の孫	勝又栄次
陸軍輜重兵上等兵	藤井松吉命	昭和13年8月3日	33	中国	戦死	岩手県	長女	藤井貞子
陸軍軍属	藤川八重子命	昭和20年10月1日	21	フィリピン	戦病死	兵庫県	妹	松本園子
陸軍軍属	藤川八重子命	昭和20年10月1日	21	フィリピン	戦病死	兵庫県	甥	松本耕一郎
陸軍兵長	藤河利一命	昭和19年10月18日	32	北緯四度三分 東経二九度三九分海上	戦死	和歌山県	二女	前岡秀子
陸軍兵長	藤田　馨命	昭和17年5月13日	26	フィリピン	戦病死	京都府	妻	藤田ことゑ
陸軍伍長	藤田幸一郎命	昭和20年2月26日	32	ビルマ	戦死	茨城県	孫	藤田幸治
陸軍兵長	藤田高義命	昭和19年8月19日	32	ブーゲンビル島	戦病死	栃木県	姉の孫	谷島貴之
陸軍軍曹	藤田留藏命	昭和20年2月22日	36	西部ニューギニア	戦病死	滋賀県	二女	藤田紀代
陸軍上等兵	藤田正明命	昭和19年10月12日	35	台湾	戦死	香川県	長男	藤田忠信

陸軍中尉	藤成暸亮命	昭和20年2月13日	22	ビルマ	戦死	山口県	弟	藤成　登
陸軍准尉	藤巻幸一命	昭和21年1月25日	33	中国	戦病死	山形県	二女	藤巻幸子
海軍一等飛行兵曹	藤森新二命	昭和18年9月12日	21	横浜市	公務死	三重県	弟	藤森成雄
海軍上等飛行兵曹	冨士原豊命	昭和19年10月13日	20	台湾沖	戦死	神奈川県	姉	村上信子
海軍整備兵長	二橋太郎命	昭和19年7月25日	28	グアム島	戦死	東京都	甥	釘貫俊治
陸軍兵長	古川清博命	昭和20年5月20日	22	タワア	戦死	鳥取県	長女	山本博恵
陸軍伍長	古川正一命	昭和19年4月22日	32	パラオ島	戦死	岐阜県	二女	後藤秋江
陸軍伍長	古屋範里命	昭和20年5月5日	33	ビルマ	戦死	山梨県	長女	三浦信子
陸軍少尉	星野正治命	昭和18年12月26日	28	ニューブリテン島	戦死	島根県	長女	磯部節子
海軍兵曹長	細川泉次命	昭和17年5月25日	28	南洋諸島方面	戦死	高知県	妻	細川　藤
陸軍中尉	細田芳郎命	昭和19年7月13日	23	ハルマヘラ島	戦死	埼玉県	妹	小島幸子
海軍上等水兵	堀　一三命	昭和19年11月25日	17	ボルネオ	戦死	東京都	妹	堀　洋子
陸軍兵長	堀　藤一命	昭和20年7月19日	39	ビルマ	戦死	愛知県	二女	木村かふ子
陸軍一等兵	堀井一雄命	昭和19年2月8日	21	鹿児島県	戦死	静岡県	姪	堀井きみ代
陸軍少尉	前島幸太郎命	昭和20年6月1日	34	中国	戦病死	東京都	長女	渡井幸子
陸軍軍曹	前田多一命	昭和19年5月2日	23	中国	戦死	青森県	甥	稲村孝司
陸軍上等兵	槇平一人命	昭和20年1月29日	39	台湾沖海上	戦死	広島県	曾孫	吉田舞衣
陸軍衛生上等兵	増田幸作命	昭和17年9月27日	35	ガダルカナル島	戦死	奈良県	長女	板谷泰子

陸軍伍長	増田正一命	昭和20年8月3日	38	フィリピン	戦病死	香川県	長男	増田榮作
陸軍曹長	増本久光命	昭和20年4月12日	18	フィリピン	戦死	高知県	甥の嫁	増本輝身得
海軍二等機関兵曹	松井　登命	昭和19年6月7日	28	フィリピン	戦死	富山県	妻	松井恵美子
陸軍兵長	松尾　満命	昭和20年3月18日	23	ビルマ	戦死	長崎県	妹	松尾絹代
陸軍歩兵伍長	松﨑誠二郎命	昭和14年12月31日	23	中国	戦病死	千葉県	妹	石井八惠子
陸軍上等兵	松田貫一郎命	昭和20年5月22日	21	フィリピン	戦死	三重県	妹	松田豊子
陸軍獣医大尉	松田樹三命	昭和20年7月19日	42	ビルマ	戦病死	兵庫県	二女	松田美子
陸軍准尉	松田光雄命	昭和17年2月23日	34	中国	戦死	長崎県	甥の長男	髙橋俊一
陸軍一等兵	松田義治命	昭和20年1月24日	31	スマトラ島	戦死	和歌山県	長女	松田和子
陸軍伍長	松村紫朗命	昭和20年8月14日	26	フィリピン	戦死	滋賀県	長男	長井　洋
陸軍上等兵	松本一義命	昭和18年2月5日	25	ニューギニア	戦死	香川県	妻	松本シゲ
陸軍一等兵	松本皓二命	昭和20年7月24日	19	熊本第一陸軍病院	戦病死	愛知県	姉	立野千鶴子
陸軍歩兵大尉	松本惣一命	昭和15年8月27日	29	中国	戦死	東京都	長女	松本美智子
海軍大尉	松本龍意命	昭和18年10月24日	38	南太平洋方面	戦死	栃木県	長女	稲澤康子
陸軍兵長	松本秀次命	昭和20年11月2日	37	中国	戦病死	兵庫県	二女	梅本文子
陸軍兵長	松山一夫命	昭和21年2月2日	33	満洲	戦病死	宮崎県	長女	大木順子
陸軍兵長	丸山繁男命	昭和20年9月15日	21	満洲	戦病死	茨城県	兄の孫	丸山一彦
海軍上等水兵	三浦権五郎命	昭和19年5月3日	33	西部ニューギニア	戦死	秋田県	長男	三浦崇志

海軍上等水兵	三浦權五郎命	昭和19年5月3日	33	西部ニューギニア	戦死	秋田県	長男の嫁	三浦國子
海軍主計少尉	三浦史郎命	昭和19年1月31日	37	インド洋	戦死	広島県	長女	堀　郁子
陸軍兵長	三浦善藏命	昭和19年11月18日	23	西部ニューギニア	戦死	秋田県	甥	三浦崇志
陸軍曹長	三浦武男命	昭和19年7月18日	28	サイパン島	戦死	愛知県	長男	三浦　淳
陸軍曹長	三上一義命	昭和19年8月30日	31	ビルマ	戦病死	福井県	長女	三上元子
海軍上等水兵	見上喜代志命	昭和20年4月29日	37	フィリピン	戦死	大阪府	孫	見上真由美
陸軍上等兵	三上忠志命	昭和21年2月6日	20	ソ連	戦病死	福井県	姪	三上元子
陸軍大尉	三島二三命	昭和19年8月4日	35	東部ニューギニア	戦死	広島県	孫	久保倉れいこ
陸軍伍長	水野完二命	昭和18年12月22日	23	ニューギニア	戦死	愛知県	弟	水野守夫
陸軍兵長	三武三五郎命	昭和20年3月10日	37	フィリピン	戦死	福井県	長女	三武光子
陸軍歩兵上等兵	南　作三命	昭和13年1月1日	31	中国	戦病死	茨城県	長女	南　糸
陸軍伍長	源　鋮命	昭和20年3月25日	34	フィリピン	戦死	大阪府	二女	西田蘭子
陸軍兵長	宮内勝信命	昭和19年4月9日	30	中国	戦死	千葉県	妹	髙岡なを
陸軍兵長	宮内林藏命	昭和21年5月10日	38	ソ連	戦病死	大阪府	長男	宮内　宏
海軍水兵長	三宅順次命	昭和20年5月20日	35	フィリピン	戦死	三重県	孫	佐々木奈津子
陸軍伍長	宮崎一也命	昭和18年9月30日	25	パラオ島沖	戦死	熊本県	兄の孫	宮崎聖治
陸軍歩兵上等兵	宮崎　茂命	大正8年2月26日	22	シベリア	戦死	大分県	曾孫	山田剛久
陸軍少佐	宮部幸太命	昭和18年1月29日	40	ガダルカナル島	戦死	東京都	長男	宮部　明

陸軍上等兵	宮本金作命	昭和19年2月16日	38	ビルマ	戦死	東京都	孫	横田和之
陸軍伍長	御代英夫命	昭和20年4月20日	31	フィリピン	戦死	東京都	長女	新妻美智子
海軍二等整備兵曹	宗像富男命	昭和19年2月6日	22	南洋諸島	戦死	福島県	妹	伊藤喜久代
海軍少尉	村越政夫命	昭和19年12月21日	31	ペリリュー島方面	戦死	愛媛県	長女	武田繁子
陸軍兵長	村山　清命	昭和20年8月3日	26	フィリピン	戦死	兵庫県	兄の嫁	村山捷子
陸軍曹長	村山徳榮命	昭和17年12月1日	37	ガダルカナル島	戦死	群馬県	長女	村山矩子
海軍少尉	本假屋孝夫命	昭和20年3月18日	18	九州東方海面	戦死	鹿児島県	妹	西森奈知子
海軍上等飛行兵曹	森　正行命	昭和19年12月19日	18	フィリピン	戦死	福岡県	妹	岩橋千代子
陸軍兵長	森　光夫命	昭和19年12月31日	29	パラオ諸島	戦死	岐阜県	長女の夫	横山宏吉
陸軍伍長	森　良秋命	昭和20年6月17日	27	沖縄	戦死	香川県	長男の嫁	森　輝子
海軍水兵長	森井　清命	昭和20年4月29日	32	フィリピン	戦死	大阪府	長男	森井　昇
海軍少尉	森川太郎命	昭和19年9月24日	36	フィリピン	戦死	石川県	長女	松原直美
陸軍兵長	森川展彦命	昭和20年6月5日	30	フィリピン	戦死	神奈川県	長女	小川晴子
海軍中尉	森口良夫命	昭和20年4月11日	24	木更津海軍航空隊基地	公務死	京都府	妹	竹澤久子
陸軍曹長	森泉　要命	昭和20年7月1日	34	フィリピン	戦死	長野県	長女	森　國子
海軍二等兵曹	森田草平命	昭和20年7月14日	18	津軽海峡付近	戦死	神奈川県	甥	武内譲治
海軍三等兵曹	森田義雄命	昭和17年8月8日	39	西南太平洋方面	戦死	愛媛県	長女	武村邦子
海軍中尉	森永　正命	昭和18年7月12日	34	ソロモン群島方面	戦死	広島県	長男の嫁	森永真由美

陸軍伍長	八重樫森曹命	昭和20年6月2日	23	西部ニューギニア	戦病死	岩手県	姪	角田栄子
陸軍伍長	谷島政男命	昭和20年8月16日	21	満洲	戦死	茨城県	甥	谷島貴之
陸軍兵長	柳宗一郎命	昭和20年9月7日	22	香港	戦病死	千葉県	妹	柳　弥生
陸軍歩兵曹長	柳原淳之助命	昭和14年5月13日	32	中国	戦死	秋田県	長女	佐藤緋呂子
陸軍上等兵	簗瀬鹿之助命	昭和20年3月17日	32	硫黄島	戦死	長崎県	長女	末永嘉代子
陸軍上等兵	矢部洋一郎命	昭和17年1月19日	22	マレー	戦死	茨城県	弟	矢部幸雄
陸軍伍長	山内　弘命	昭和20年4月7日	23	フィリピン	戦死	京都府	義妹	山内二三代
陸軍伍長	山岡義房命	昭和18年7月2日	25	ニュージョージア島	戦死	和歌山県	弟	山岡邦吉
海軍飛行兵曹長	山岸昌司命	昭和17年10月26日	22	南太平洋方面	戦死	長野県	姪	平林峰子
陸軍衛生兵長	山口猩市命	昭和19年9月30日	31	グアム島	戦死	東京都	二女	山口順子
陸軍少佐	山口　正命	昭和20年8月4日	22	フィリピン	戦死	東京都	妹	山口　和
海軍機関兵長	山崎信一命	昭和20年7月25日	34	ジャワ	戦死	福井県	長男	山崎俊太郎
陸軍中将	山崎保代命	昭和18年5月29日	51	アッツ島	戦死	山梨県	二女	花岡正子
陸軍准尉	山下秀夫命	昭和20年7月1日	27	フィリピン	戦死	佐賀県	長女	木村百合子
陸軍少尉	山田勲三命	昭和19年11月2日	32	西部ニューギニア	戦病死	広島県	長女	山田智子
海軍三等兵曹	山田繁登命	昭和15年5月15日	22	呉海軍病院	戦病死	広島県	姪	山田智子
陸軍軍医大尉	山田利秋命	昭和19年12月2日	38	屋久島沖海上	戦死	三重県	長女	水野とよ子
陸軍兵長	山田久吉命	昭和18年11月21日	28	中国	戦病死	東京都	長女	小山泰子

陸軍兵長	山田元雄命	昭和18年5月29日	30	アッツ島	戦死	栃木県	長女	五十嵐悦子
海軍中佐	山田恭司命	昭和19年10月27日	24	フィリピン方面	戦死	神奈川県	義弟	平原恒男
陸軍兵長	山田義人命	昭和21年12月23日	23	カザフスタン共和国	戦病死	広島県	姪	山田智子
陸軍伍長	山部猛雄命	昭和20年7月30日	31	フィリピン	戦死	熊本県	妻	山部チモト
海軍上等水兵	山村敏雄命	昭和19年2月6日	22	マーシャル群島	戦死	熊本県	妹	安藤としえ
海軍三等兵曹	山本正雄命	昭和17年5月4日	34	本州南方海面	戦死	福島県	長男	山本佑一郎
陸軍軍曹	山元正昂命	昭和21年1月26日	39	蒙古人民共和国	戦病死	鹿児島県	長男	山元正光
陸軍伍長	山本正義命	昭和21年12月10日	37	フィリピン	戦病死	石川県	長女	林　道子
陸軍伍長	山本又一命	昭和20年4月30日	35	ビルマ	戦死	広島県	四女	今治眞子
陸軍兵長	横田市松命	昭和20年6月10日	37	フィリピン	戦死	神奈川県	孫	横田和之
海軍上等機関兵	横山喜代一命	昭和19年7月8日	34	トラック島	戦死	三重県	二女	道地邦子
陸軍兵長	横山　武命	昭和20年3月19日	33	フィリピン	戦死	大分県	長男	横山智昭
陸軍上等兵	吉海江武男命	昭和19年6月29日	33	鹿児島県大島郡亀徳沖二浬	戦死	鹿児島県	三男	吉海江稔
海軍一等飛行兵曹	吉川誠一命	昭和19年10月12日	21	台湾沖	戦死	山口県	二従弟	吉川　聰
陸軍軍属	吉田　正命	昭和20年6月15日	38	フィリピン	戦死	千葉県	長女	本間尚代
陸軍伍長	吉田　豊命	昭和19年8月19日	25	バシー海峡	戦死	福岡県	長女	内山ユミ子
陸軍伍長	吉谷政一命	昭和19年4月22日	31	ニューギニア	戦死	山口県	長男	吉谷勝美
海軍二等工作兵曹	吉永千一命	昭和20年8月2日	19	ラバウル	戦病死	長崎県	弟	吉永君道

階級	氏名	年月日	年齢	場所	死因	都道府県	続柄	応募者
陸軍伍長	吉野久雄命	昭和20年3月28日	28	ビルマ	戦死	東京都	長男	吉野茂久
海軍上等水兵	吉原稔一郎命	昭和20年8月3日	35	フィリピン	戦死	長崎県	長男	吉原稔雄
陸軍伍長	米山幸治郎命	昭和20年8月14日	30	フィリピン	戦死	埼玉県	長女	瀧上幸江
陸軍伍長	若尾逸郎命	昭和20年6月7日	33	フィリピン	戦死	岐阜県	長女	櫻井和子
陸軍伍長	和佐野福七命	昭和20年10月20日	30	フィリピン	戦病死	福岡県	二男の嫁	和佐野惠美子
陸軍兵長	渡邊輝男命	昭和20年5月14日	29	ビルマ	戦病死	愛媛県	一女	小西桂子
陸軍兵長	綿引重熙命	昭和20年7月15日	25	サイパン島周辺	戦死	茨城県	弟	綿引重幸
海軍軍医大尉	綿引重慶命	昭和19年5月12日	22	インド	戦死	茨城県	弟	綿引重幸
陸軍少尉	渡部菊吉命	昭和19年8月1日	21	ビルマ方面	戦病死	福島県	姪	草野小鶴恵

・本書は、平成二十六年、終戦七十年靖國神社遊就館特別企画「英霊に贈る手紙」に御応募され、御承諾戴いた方を掲載しております。
・御祭神に関する表記は、原則靖國神社の情報に準拠致しております。また、年齢は満年齢で記載致しております。
・記載に誤植等がございましたら、御海容願います。

終戦七十年靖國神社遊就館特別企画

英霊に贈る手紙

―今こそ届けたい、家族の想い―

平成 27 年 1 月 1 日　初版発行

平成 29 年 12 月 1 日　3 版発行

企画・編集　靖國神社

発行人　蟹江磐彦

発行所　株式会社青林堂

〒 150-0002　東京都渋谷区渋谷 3-7-6

TEL　03-5468-7769

印刷所　株式会社シナノパブリッシングプレス

装丁　伊藤 史＋ SPEECH BALLOON

協力　株式会社ぷれす

ISBN978-4-7926-0511-7